U0473468

南方蝶道

Southern Butterfly Path　　里程文学院 编

上海文艺出版社
Shanghai Literature & Art Publishing House

里程文学院

莫言题

目 录

序言

邀请不同的人，用不同的方式看
里程文学院执行院长 走走

1

终 夜
林戈声

5

罐 头
枪枪

35

南方蝶道
苟海川

53

埃贡的情人
成昊勍

81

裂 痕
唐瑜

燃烧的月亮
杨咏

愿长生
方馨

一切破碎,一切成灰
罗志远

评 论
故事的真谛从来就不是为了真实和完整
里程文学院副院长 田耳

序 言

邀请不同的人，用不同的方式看

里程文学院执行院长 走走

2021年9月10日，我发了个朋友圈，大意是人生中第一个教师节，在华师大度过。我教的那门课是《创意写作概论》。一个月后上一届的学生也来听，他们告诉我，自己的习作很少有机会得到专业写作者的指导。这让我想到我工作过十四年的地方：《收获》编辑部，那是一本有着著名改稿传统的老牌文学杂志。这些具备写作才华的学生，以及其他许许多多高校创写专业的学生，很少有人体会过，曾经令我自己受益匪浅的改稿过程。那时疫情还在此起彼伏，于是我想到，要做一个线上教学的文学院。

是在一个饭局上，我描述了这个想法。当时在座的都是圈中长辈，《收获》主编程永新首先表态支持。他认为如今有相当一部分文学编辑，也不再兢兢于改稿，这似乎成了某种正在消逝的能力。既是作家、评论家，又是苏大学术委员会主任的王尧也同意，从小说到评论，其实不少抽象的理论和空洞的概念，既识别不出隐喻，也无法同理情感。

改稿，首要工作是细致认真的细读。但更重要的不是死抠文本，而是让学生理解，这么阅读的时候，究竟是在寻找什么。合格的指导，是让每个人，包括指导者本人，找到通向自身和他者的道路。王尧认为：修改也是激活写作者潜力的一种方式，它起于文本，但不终于文本。只有在修改过程中，作者才会意识到自己的局限性和可能性。

有了共识，工作推进得很快。文学院命名里程，意指文学的里程从这里开始积累。王尧为此写了好几句广告语：和文学大家相遇的空间；时刻为有才华的人准备着；为未知的你走出一条路；未来的群星在这里云集升空。他还盛情邀请了作家莫言为里程文学院题名。德高望重劳苦功高，因此被我们推举为里程文学院首任院长。我的作家好友田耳则被聘为副院长。在广西大学执教戏剧编剧课程的他不仅对故事格外有心得，还自创了逆转、失重（留白）、对转、反向、环形、环套、悬置、虚化等几种结构模式。但他打动我的还不止是对课程的原创，而是认真。每次点评学生作品，他都预先写下几千字稿件。他一直认为：讨论小说是最有效的学习写作的方法；理解文本的方式就是置身于文本中，描述自己或许会如何处理。

得知我们这一计划后，湖南省作协最先给予了支持和帮助，成立"新青年写作营"，选送了湘籍或在湘工作的近二十名优秀学员参加我们的"一对一"名编改稿课；复旦大学、同济大学、华东师范大学、广州华商学院、广西大学、西北大学也先后加入了我们的"盲盒导师团"：以各高校为站点，学生组队交习作，各校学生盲评投票后，最高票数的那一篇，有机会得到名家详细点评。这个名字是田耳给取的，"我们这个活动，学生最期待的是名家点评自己的东西，也不知道谁来点评，万一撞着莫言余华也不一定。"

这里看到的八篇作品，就来自我们近一年的教学实践。感谢许多作家、编辑周末放弃休息时间公益支持我们的线上教学。文学的里程，需要无数提着明灯照亮后人的先行者。

这些工作，毫无疑问，以前就有人做过。我们既不唯一，也不特别。我只是要求每个导师直截了当、清晰表达。我对自己的要求是，每个文本，尽量找到特质适合的那个导师。此外，鼓励互动。比如有些作家导师关注细节，会想知道，学生在小说之外，没写出的那些想法。有些编辑导师告诉我，他们在听课过程中发现了导师们性别的差异：男作家更在意开头的简洁，要直接、独立。女作家往往习惯情绪的详细铺垫。

其实,并不存在完美的文学,只有比自己前一部,比他人那一部,遗憾更少一些的。导师们也没有什么可以教会的。每一次的线上课,我们一起重新阅读,超越之前的阅读方式。我们一起解决,写作时遇到的问题。只有那些富有文学性的文本才经得起阅读。它们有一定的模棱两可性、复杂性,可以有不同的解读方式。有时这些学生习作完成度并不那么高,更像未完成的拼图,邀请大家继续解码,各自以自己希望的方式拼完。在被作者个人化之前,这些分享未必有用。但我仍然觉得,集体经验是重要的。因为这些学生,将来未必个个成为文学的创造者,也可以成为解读者、守护者。

只要想写,就没什么好害怕的。只要还有迫不及待要讲的故事,每天的生活就是新鲜的、有价值的。这才是文学的终极意义吧。改一改奥登那段献给叶芝的诗句作为结束:

……因为文学没让任何事发生:它幸存于
自己造就的山谷里,那是行政部门
从来都不想去干预的……

终夜

林戈声

1 鹤梦

张光亮想起自己曾经蹲在花坛边上抽烟。那年他二十岁整，从技校培训班毕业，城市那时候跟他没有任何瓜葛，但它的花哨死死勾引住他，令他精力过剩，幻想无穷。

那个花坛他至今记得，沿边铺砌的植草砖皲裂斑驳，硌得他屁股疼，但当时他感觉不到。他一手摸出打火机，一手握着检查报告单，指缝里夹着烟。把烟点上，抽了两口，才想起来原本打算学周润发，先把报告单点着，再用着火的报告单去点烟。但事情已经发生，尽管是件再小不过的事，但也已经无可挽回，只好反过来，试着用烟去点报告单，点不着，只把纸给蹭脏了一角。最后还是启用了打火机。张光亮一边抽烟，一边看着报告单在地上烧化，周润发当不成了，反变成七月半在十字路口烧锡箔的老太婆。

那次是源于他跟濮建国打赌，赌谁的精子数量多。濮建国是他的发小，没有上技校，初中毕业就找工作，去皮鞋厂当了一年配底工，闻够了毒胶水，决定当一个文化工作者，于是去网吧当网管，暴力拍主机箱给人辞退了，于是洗尽铅华，回老家养鸭。

张光亮从培训班毕业，学的是平面设计，濮建国从农村进城，陪对象相看婚纱。这一年，张光亮在装潢公司找到工作，濮建国找到老婆，预备结婚。两个朋友在城里碰了个面，喝酒吃猪头肉，吃得酒酣头大，都感觉到人生壮美，眺望无垠的未来，陡生攀比之心，最后约定比精子数量，踉踉跄跄闯进医院。

第二天报告出来，濮建国已经回家，张光亮尚未正式上岗，满世界流窜，顺路拿了报告单，濮建国精子数量正常偏高，张光亮精子数量为零。

濮建国打电话来问结果，张光亮老实告诉了他，濮建国先是"操"了一声，又问张光亮"真的假的"，养久了鸭子，他的声调在这一刻终于起了变化，怪腔怪调。张光亮又说："只有你傻逼，验个鸡巴验，我就往里吐了口唾沫。"濮建国大笑收场。

很奇怪，现在想起当时种种，诸多细节依然清晰可见，但这之后的这么多年，人生却雾一样模糊，模糊中也有些人影来去，一晃张光亮三十岁了。

如今他也结婚，老婆也生下一个孩子。老婆身体瘦弱，不下奶，张光亮此刻站在桌边兑奶粉，一手抱着绵软的初生婴儿，不明白孩子是从哪里来的。

张光亮想老婆应当有一个男人，这个男人不是他。这么想的时候他有一点心悸，一瞬间不确定自己脑子里冒出来的念头究竟是什么意思，是在否定老婆还是在否定他自己。晚上他失眠，干脆就承担起了喂夜奶的责任，儿子头一个月里每天晚上醒三次，张光亮喂完夜奶去偷窥老婆的手机，把通讯录和微信都搜刮一遍，老婆底细清白，纯粹得一如他张光亮的精子数量，夜深人静，张光亮坐在抽水马桶上心眼空空。

等儿子过完百天，张光亮决定把自己的全部人生毁了。他跟老婆摊牌，承认他没有能力拥有一个儿子，无论这个可爱的孩子从何而来，总之和他没有瓜葛。错是他张光亮挑起的，他没有事先告诉老婆他二十岁在医院花坛烧化给张氏先祖的秘密，因此夫妻二人这趟算是扯平，他要求和平离婚。

老婆一连给他十个大嘴巴。

第二天两个人去医院，重新验精子数量，还验血，验亲子DNA。验出来精子数量果然为零。儿子竟然是他的。

张光亮脸肿如猪，抱住妻子，此刻他可以大笑，大哭，下跪，跳跃，憎恶医学又感谢医学，他可以并愿意做一切事，无限的世界重又扑来。他精神百倍地工作，对难缠的客户笑脸相迎，然而医院打来电话，礼貌地请他过去一趟。

张光亮张嘴问"我儿子"，那边开口回"你母亲"。

此医院非彼医院，张光亮母亲被人撞了一跤，歪在地上起不来，送进医院，腿脚没事，肚子奇痛无比，抽血查出卵巢癌晚期。给父亲打电话接不通，母亲肚子疼兼文

终夜　9

盲,一时摆弄不清智能手机,便报了儿子电话号,由医院打过来。

张光亮三十岁,把准备在城里买下第一套房的钱拿去给母亲开刀。母亲术后预后良好,挺过放化疗,暂时没有生命危险,但癌症蛀蚀了她的骨头,她从此不能下地干活,也不能扛重物、快步走或大扫除,作为蛮强农妇的力量从此衰微。

母亲的生活变成长时间地坐在家门口。张光亮尽管钱包空空,还是给母亲买了一台平板电脑,但母亲对电视剧、歌曲、网购都没有兴趣,她与朋友们也不需要通过微信联系,他们想见她,立刻可以大步走到她家。时间久了倒是母亲先谢绝探望,她开始爱上清净,嫌弃别人吵闹。但回家一趟,张光亮看见母亲的眼睛艳羡地跟随着别人的腿脚。

他把母亲接到城里。

母亲与媳妇不合的程度尚属传统文化允许范畴,可以忍受,有时甚至可以忽略不计。她们也轮流向张光亮抱怨几句,但儿子会翻身了,儿子会爬了,儿子会用不同的哼唧表达情绪了,儿子用他满世界涂抹的口水黏合了一些细小的裂缝。有一天张光亮跑完装修现场,天漆黑了回到家,发现婆媳两人在出租房的阳台上聊天,母亲又说起她那个梦:生孩子的前一夜,她梦见一只鹤飞进家里的果园……

张光亮端着饭碗加入进去，也就再一次问起这个未解之谜：既然梦到一只鹤，为什么他不叫鹤翔、梦鹤、梦飞？这些名字多么好听，而他却叫张光亮。

母亲说她也不知道。

父亲也不知道。

以前也问过亲戚朋友，离奇的是，没有人知道。最后的结论是，登记户籍的时候警察给起的。当年的户籍警谁也不记得了，死无对证。

妻子忽然有了灵感："哎，鹤翔是好听，宝宝可以叫鹤翔！"

母亲畅快地附和："张……鹤翔，好的，好的！"

张光亮攥着筷子的手紧了紧。

妻子说："我爸爸说了，要是跟我姓郑，他就帮我们出一半首付。"

奶孩子头顶毛茸茸的，在大人的怀抱中没有目的地胡乱挥着手。如果这时候天上有星星，可以看做一个好兆头，是在跟天上的文曲星打招呼。

夜里母亲幽幽地叹息，张光亮喂完夜奶，悄悄挨过去，两个人在床沿并膝坐着。

张光亮打听下来，小孩出生六个月内就要把户口报好，过了六个月也还能报，但据说就会非常麻烦。

母亲回乡下去了。

儿子最后没有姓郑,也没有姓张,报户口的时候,张光亮抱着儿子,朝户籍警举了举:"我们姓赵。"

赵钱孙李,百家姓第一。老婆一个月没好脸色给他,父亲打电话来大骂一顿,濮建国带全家来看望,他老婆手里牵着一个,肚子里又怀了一个,听说"赵"字,十秒钟说"哎哟哟我不能这么笑",十秒钟说"哦哟哟啊哈哈真的姓赵啊",循环往复,儿子受到鼓舞,在满间笑声里学会了站立,扒着婴儿床的栏杆直蹦,等到客人走了,张光亮、郑欣爱夫妇才发现赵梦鹤小朋友的重大进步。

一年后张光亮家凑够了首付款,钱款来自岳父母、公婆、小夫妻自己的积蓄。买完房子跟濮建国通电话,两个人暂时都喜气洋洋。聊完城市房价,濮建国聊起三胎正在准备当中,张光亮提起十来年前那份精子检查报告,彼此都有感慨,濮建国说:"你当时敢吐唾沫进去,我就说,这小子肯定能留在城里。"

周末,张光亮一家回乡下看望父母,夫妻俩带着赵梦鹤与许多礼物,礼物交给父母,由父母转交亲戚朋友。岳父母给的房款来自两位老人的积蓄,张光亮父母自卵巢癌事件后,身体与家底都虚空,他们的钱是问亲戚朋友借的。

新的生活吮吸新城市人的汁水,张光亮只在父母家待半天,周六下午就一个人先行回城。现在的楼盘全是精装修，家装市场的蓝海变成老房翻新，周末是服务行业的农忙期，张光亮来回跑了六个装修现场，礼拜天还抽空回到公司的营业大厅，便于发掘新的客户。晚上回到家，时间已经过了十点，妻子是护士，当天轮值夜班，也不在家。但家里依然不寂寞，岳母的鼾声在紧凑的出租房里立体环绕。

岳母是张光亮母亲回乡下后不久就顶替过来的，小夫妻上班挣钱，老岳母过来做饭带孩子，老岳父独自住在镇上，尚未退休，仍需上班。

留给张光亮的晚饭在桌子上，张光亮懒得动用微波炉，往饭里倒进半杯热水，就着冷菜吃了顿夜宵。吃完倒头就睡。早上天蒙蒙亮，岳母听见动静，以为女儿下夜班回家，走出房门看见女婿站在饭桌前忙碌，洗奶瓶、兑奶粉、摇匀，倒一滴奶在手背上试温度。女婿穿着洗灰了的三角内裤，此外浑身赤条条，老岳母放轻脚步，走到侧面探查，看见女婿眼睛半开半闭，鼻腔里仍有轻轻鼾声。

背着张光亮，郑欣爱给婆婆打电话。

这通电话是岳母授意给女儿的，女儿虽然是护士，仍然听从母亲的迷信理论，在电话里告诉婆婆，张光亮梦游，要亲妈的声音方可唤醒，换作其他人就有风险，怕会在三魂七魄里留下病根。

母亲搞不定小小的智能手机，最后和媳妇连了微信视频，母亲在那头说，媳妇在这头录。母亲没干过这种近乎表演的事，说了前句忘掉后句，还笑场一次，四遍以后才算录成。

过了几天，张光亮再次梦游，岳母轻轻叫起女儿，两人在张光亮背后播放录音，一开始声音开得轻，后来逐渐调大，张光亮不为所动，冲好一瓶奶粉，放在饭桌上，悠悠回床。

前后一共试了三次，无果。

妻子转而求助科学，利用职务之便，弄来抑制梦游的精神类药物，张光亮按照医嘱服下，不起作用，只起副作用，药物说明上写服药后患者可能出现呓语、谵妄，张光亮吃了药，头两天指点江山，对出租屋提出一堆老房翻新的合理化意见，第三天抱着老婆不撒手，吃吃地问她生儿子前可有做过了不起的预言梦。

郑欣爱录下老公的蠢相，传阅双方父母。

张光亮的母亲笑得捶胸口，说："他自己原来有个鹤，就想宝宝也有个鹤。"

后来郑欣爱跟自己母亲讲，生产之前她倒是老梦见还在护校上学。学校外面有片荒地，尽头是一个土坡，梦里同学站在坡顶叫她一起玩，她便跑过去，但始终跑不到，醒来胸口麻丝丝地胀疼。胸口胀疼就是乳腺堵塞，堵塞了就不下奶，赵梦鹤由此要喝奶粉。这梦没有什么兆头，也没意思，母女俩讲过就算，不再提起。

张光亮吃药到第十二天，一阵头晕目眩突然袭来。那时他正在客户的老房子里沟通装修蓝图。张光亮劝说客户把普通窗户改成飘窗，这样的好处是增加采光，拓展视觉空间，增加工人师傅的工作量，拉动实体经济。客户微微心动，张光亮进一步蛊惑，手掌下按，令飘窗前的木地板升级为榻榻米，分隔空间而不多增房间；收回手，胳膊上扬，一挥，如升旗手漫撒红旗，描绘风动窗帘、轻纱飞扬的美景，话音未落，他眼前真的显现出一片白纱飞絮的景象，紧接着白光乱闪，如受惊的鸽群奋力扑翅，尖锐的鸣唳亦在耳中响起。要不是客户眼疾手快一把拉扯住，张光亮就要从敞开的窗洞里翻身下去。

晚上，小夫妻脸凑脸在台灯下研究药物说明书，在几十条副作用里先是找到眼熟的"呓语、谵妄"，慢慢地又找到一条"头晕、行动不便"。张光亮撕掉说明书，扔了药片。

张光亮的梦游断续进行，好在梦里他只泡奶粉，一次只泡一瓶，泡完放在饭桌上，并不强行喂给赵梦鹤。赵梦鹤小朋友早就吃上了辅食，如今对奶粉不屑一顾，最喜欢的食物是塑料玩具。

母亲打电话来，要带张光亮去拜庙。母亲相信村庙会保佑村里出生长大的人。

梦游并不影响张光亮的生活，但影响母亲的心情，张光亮只好百忙中挤出时间，回到乡下父母家。拜庙之前，母亲指挥张光亮扛一架梯子到果园，找到一棵杏树。枝头已经挂果，张光亮爬上梯子，摘下一些圆熟饱软的果实。

这棵树最早是桃树，就种在梦里白鹤降落的位置，和张光亮同岁。到张光亮十岁那年开春，父亲砍去桃枝，保留根干，嫁接上杏枝；十岁的张光亮出于玩心，也学样嫁接一通，到第二年，父亲的枝子没活，儿子的倒活了。母亲说，前两年父亲想在杏枝外再嫁接李枝，依然没活。

摘了白杏，拿上黄米糕、红曲馒头、高粱饴、供香，母子两个上路。一路上母亲细数还钱的进程，称某某家已还了多少，某某家可以不急。快到目的地时，迎面遇到濮建国的老婆，她挺着肚子，脸庞黑胖，颧骨上布满妊娠斑，正是拜庙回来。打过招呼，张光亮回头看她的背影，想到她两只乳房奇长地拖坠在肚皮上方，像两只死刑犯的头颅，她凸起的肚皮也像一张脸，只不过吃得饱足一些。

拜庙回来，父母留张光亮吃晚饭，张光亮婉言谢绝，装了一兜黄米糕、红曲馒头，匆匆回城。

他在城际大巴上打起盹，梦见自己要去一个地方，但梦里无外乎忘却，他只能无心游荡。

云雾弥漫，层层云雾之外，时有不同的风景过眼，有些是遗址，有些在建造中。最后他累了，随便找了片树荫休息，等他醒来，大巴车依然在公路丛中摇晃。窗外的夜景引起一种古怪的预感，张光亮蓦地惊醒，四处打听，发现自己坐错了车，坐反了方向，再一抓手边，装食物的袋子竟也遭人顺走。张光亮不由地感到饥饿。

2　　　　　　　　　　　　　　　　　　　　　蚁乡

赵梦鹤二十岁时被诊断患有巨物恐惧症。一开始他只是表现为对微小事物的偏爱，从动漫手办、口袋书与迷你包装零食开始，逐渐发展蔓延，在十五岁生日前夕，他向父母提出生日愿望，想要养一只蚂蚁作为宠物。比起养猫养狗、养爬宠，这要求完全不过分，立刻得到满足，赵梦鹤给蚂蚁起名"福小姐"，父母未知这名字的由来，也许问过但也很快忘记，只观察到赵梦鹤与福小姐的关系很快变得亲密，便认为这是儿子热爱大自然的一种良好品性，丝毫没联想到病症上面。

十六岁时张光亮接到学校班主任电话，得知儿子已经连续一周独自坐在教室的角落听课，但鉴于赵梦鹤平时学习中等，性格温和，同学关系融洽，父母与老师再三沟通后，只得接受儿子"体验人生的不同角度"这一牵强理由。

从此赵梦鹤带着他的小板凳坐在教室垃圾桶旁边听讲，学习成绩未上升也未下降，同学们尽管一开始好奇，慢慢地也习以为常，甚至把他的行为视为某种少年英雄式的叛逆，竟还得到了不少人的欣赏。

十七岁赵梦鹤视力下降，原因是他迷上微雕艺术，课余时间都用来钻研在粉笔、铅芯与蛋壳上构筑谁也看不清楚的精神世界；他的走路姿势也出现异常，总是低着头，佝偻着背，有时会停驻下来，盯着一个点看上好几分钟。这种事情总是逐步发生，当做家长的发现这一现象，他的脊柱已经出现轻微的侧弯，需要戴矫正器，好在这总还是一个温顺的孩子，除了专注于自己的小爱好，对于外界施加于他的好意并不拒绝。

十八岁赵梦鹤考上一所还算过得去的大学，由喜忧参半的父母一路送去报到。张光亮此时已经是个大腹便便的中年，身量的阔气程度甚至比大部分同龄人还要略胜一筹，他倒并不贪杯，只是爱吃馒头、糕点一类的米面点心；梦游程度已有所减轻，只在某些谁也不明缘由的日子里，家人们偶尔会在客厅饭桌上发现一瓶放过夜的奶汁，家里早就没有婴儿奶粉与奶瓶，因此奶瓶就以保温瓶替代，奶粉变成面糊。

张光亮的身材让他在高铁二等座车厢里受了不少窝囊罪，但好歹一切顺利，最后父母与孩子在陌生城市的大学宿舍里告别，母亲絮絮叨叨许多衣食住行的细节，最要紧叮嘱儿子要天天喝牛奶；父亲透过六楼宿舍的窗户俯瞰校园，刚想要感叹，凸出的肚腩已先一步抵上了窗台。

军训结束，赵梦鹤便遇到一个追求者，女孩子大胆表白，赵梦鹤落荒而逃，一路逃进学校的树林，藏身于一片稠密的灌木丛中。

灌木丛是微型爱好者的小小乐园，小石子、小昆虫与枝叶间细小的簌簌声都让人心旷神怡，赵梦鹤在其中蜷缩手脚，想象自己只有新生婴儿的大小，或者更小，变成魂入蚂蚁国的南柯太守，刚才的女孩子只让他记住了一个投射下颀长阴影的轮廓，与一把洪亮自信的嗓音，赵梦鹤此时无比想念福小姐。

大二下学期，赵梦鹤被学校劝退，至此，父母才知道他已严重旷课，并在宿舍与同学大打出手，原因仅仅是同学不小心踩断了他的一根粉笔。

父母急匆匆把儿子接回家，又急匆匆把他拉扯到医院，几番检查、哭闹与争吵，赵梦鹤终于说出自己对物体的恐惧，一切正常形体的事物在他看来都过大过密，而高大的建筑或加大尺码的任何东西（大号衣服、宽屏手机、三层牛肉汉堡）则让他直接感到心脏疼痛，有时甚至会诱发短暂的窒息。

此病尚在现有医学能力范围之外，医生给出的意见与对待癌症晚期的患者一样：想干吗就干吗，万事不要勉强。

父母一开始万念俱灰，认为儿子从此将成为一个废人，没想到休学一个月之后，赵梦鹤已能赚取小笔收入，半年后，他在网络售卖微雕作品的生意趋于稳定，月收入能与父母的收入之和持平，父母转忧为喜，甚至加入这项买卖的外围工作，帮助收发快递，充当临时客服。

赵梦鹤二十三岁，福小姐死亡，享年八岁零九个月，作为一只工蚁算得上高寿。此事无人知晓，一个月夜，赵梦鹤放下微雕工作，把福小姐放进一只玻璃小瓶，盖上软木塞。玻璃瓶只有成年人指甲盖大小，是专门订制的，平时用来盛装昂贵的微雕艺术品，它们的材质包括但不限于翡翠、沉香、蜜蜡、珍珠。

赵梦鹤把装有福小姐的玻璃瓶放进口袋，从床底下拖出背包，走出家门。他把福小姐埋在小区花坛一个不起眼的位置，在玻璃瓶旁边种下一粒芝麻，最后把土壤轻轻抹平。之后他起身。蹲得太久，小腿酸麻，他站了一会儿，等酸麻劲过去，便背着背包走出小区大门，再也没有回来。他留给父母一间收拾整洁的卧室，与一张大额存款单。

赵梦鹤知道他将给父母带来不解与悲恸，但一个投身于微渺的人无法向生存于宏大的人们解释清楚对于世界的不同想象，哪怕对象是父母。

这之后的许多年，赵梦鹤从许多城市与乡村穿行而过，有些地方百废待兴，有些地方已经垂垂老矣，赵梦鹤都一视同仁，不作感想，因为经过他仔细缜密的考察，这些地方都不适合一个巨物恐惧症患者生活。

这趟出走其实早有端倪。它萌芽于一个初秋的傍晚，那天，赵梦鹤和所有养宠物的人一样，晚饭后例行出门。邻居们遛猫、狗、鸟和养殖鳄鱼，赵梦鹤遛福小姐。他走走停停，耐心等待福小姐探索环境，和路遇的蚂蚁互相挥动触角，就像宠物狗互相嗅闻屁股，此时人的心情最为放松，脑子里没有特定的念头，耳聪目明。

晚风里送来一些声音。

它们是一些最为细微琐屑的语词，同傍晚的光线一样暧昧，同晚风一样疏散，它们像死去的人被时间冲洗干净的骨殖，懒洋洋惬意地摊在松软的泥土里，对意义与目的完全无动于衷。因此千万个人里面，只有赵梦鹤一个人碰巧遇到它们，又碰巧把它们捡拾起来，凑到耳边。

赵梦鹤不知道这些絮语来自何处，一开始他甚至不确定它们是彼此关联的同一类声音，但他发现，当他侧耳倾听的时候，福小姐也顿住脚步，一对纤细的触角敏感地在空气中微摆，几次三番，赵梦鹤就明白这不是幻觉。当晚，赵梦鹤在床上辗转反侧，想的是他自己当时也无法说清的东西，直到天色蒙蒙亮时，他依旧没有想清，如此迎来第二天，又度过一个月，来到下一个月、下一年。不知不觉间，赵梦鹤开始花越来越多的时间和福小姐待在一起，但绝不是出于对自然、生物、昆虫或生命的兴趣，他只是常常在脑海里回想起福小姐触角在微微旋摆的那个傍晚，秋风初起，晚霞温柔，蚂蚁触角这样过于微细的事物，世间只有他和福小姐心知肚明，这事的确毫不重要，但它发生于那一秒。

过后的几年，赵梦鹤、赵梦鹤的家庭与整个世界，都发生了一些大事，譬如赵梦鹤高考、郑欣爱荣升护士长、人类首次登陆火星、全球极端天气的比例上升、一种犀牛从地球上消失、养老金政策调整，而赵梦鹤记得的有：

鸡蛋壳小头的部分厚，大头的部分薄；

比起糖水，福小姐更爱喝牛奶，酸奶更好；

有一个网友想要购买他的微雕作品。

被诊断为巨物恐惧症之后，赵梦鹤感到如释重负，病症名称像一个容器，说不上合适，但至少容人暂居其中，再图以后。自此，赵梦鹤关上房门，一心沉浸于微雕工作。福小姐陪伴他左右，她已步入老年，不再热衷于在石膏巢穴里钻孔，大部分时间，她都趴在一个水槽旁边一动不动。

赵梦鹤卖得最好的作品是福小姐的等身像，用黑紫色淡水珍珠雕刻出来的福小姐完全能够以假乱真。这些用特制的高倍放大镜才能看清的作品在网络上传播,随发达的物流系统来到买家手中,他们付给赵梦鹤钱,并在闲谈之间透露只言片语的消息。由此一个小小的圈子在不经意间形成了,他们以巨物恐惧症来辨认彼此。一开始只是网络交流,渐渐地,胃口变大,这些人不再满足于虚拟交往,而是组织线下聚会,聚会时他们席地而坐,亲近地挨着地面而彼此间空出较大的间隔,他们使用白酒杯喝茶,用茶碗蒸的小盅涮火锅,旁观他们像一群木愣愣的痴呆患者,但实则他们表情丰富,只是他们使用微表情。

一次聚会上,一个刚刚旅游归来的同伴说起一桩见闻。她这趟旅行是不得已,是被家人硬拖出去的,地点是新西兰。她一路晕飞机、晕汽车、晕轮船,这些庞然的工业造物全都叫她肠胃难受。记不清哪一天了,她浑浑噩噩地被带到一片河岸边,坐船参观两岸风光,这地方是著名奇幻电影的拍摄地,为增添神话气氛,导游故作神秘地介绍两岸高矗的石壁:夹岸相对的山岩如果发挥想象力,可以附会成执剑相向的巨人骑士,在故事里,他们具有人类无法理解的生命性质,久远的年代里曾有旅行家时隔五十年故地重游,发现五十年前昂首挺立的巨人之一,竟在五十年后微微弯下了腰。

假如石壁巨人生活在人类无法企及的时间尺度里,那人类在它们看来就属于极其微小之物。这位同伴进而想到,尽管尺度如此不同,石壁巨人却和人类生存在同一个世界,正如人类和蚂蚁生活在同一个世界,而彼此仍可以相安无事。

聚会的巨物恐惧症患者们接连放下白酒杯,喃喃地回味着同伴的用词,"相安无事"。

赵梦鹤接着她说道:"我一直能听到一种声音,像电流一样,比电流还轻。"

"我能看见丝织品上经纬线之间的空格,"另一个人说,"有时候我不好意思上街,大家跟不穿衣服也没什么两样。"

"我不爱吃东西是因为味道在我嘴里是分离的,酸、甜、苦、辣,一样是一样,所以我只爱喝白开水。"

应该有一个地方能让巨物恐惧症患者按自己的喜好生活。应该找到这样一个地方。

事情就这样开始了。

赵梦鹤不是第一个脱离旧有生活去找寻新栖息地的人,但截至他离开父母的那个夜晚,这样一个地方还没有被同伴们找到。这早在意料之中,巨物恐惧症患者有他们自己的特色和标准,他们大多也比较耐心,因为许多叫普通人心浮气躁的事物或事件,在这些人看来却是另一番光景,是许多微渺之物、细小逻辑的俏皮组合。

也许赵梦鹤最终找到了那样一个地方,也许他的旅行还在继续，我们作为外人无从知晓。哪怕赵梦鹤真的找到这个地方，这地方就在张光亮、郑欣爱夫妇楼上，他们俩很可能也察觉不到，那毕竟是另一个尺度，既存在于我们的世界之中，又游离于我们的知觉之外。

对张光亮和郑欣爱来说，儿子是彻底失踪了，他们再也没能找到他。

作为母亲，有时郑欣爱也有种古怪的感觉，她觉得赵梦鹤就生活在她身边，甚至于就住在她楼上，吹进窗棂的晚风中捎带着似有若无的气息，夜深人静，天花板传来熟悉的脚步声，但一切都只是感觉，感觉又转瞬即逝。甚至在赵梦鹤刚失踪的那段时间，有时候，刚生下儿子的记忆重回心灵，手臂跟着精准地感受到一个婴儿的重量，十五天与二十天都有严格的分别，鼻子也能嗅到孩子那股温热微酸的奶味。

也并不能说全都是捕风捉影。

离开家以前，出于一种爱屋及乌的心理，赵梦鹤在工作台的角落与窗台各放了一点牛奶，福小姐虽然去世了，他担心还有未收到消息的朋友来串门。牛奶加了红糖与蜜，盛在两盏小小的隐形眼镜片里。

后来牛奶被喝掉了一些，剩下的变酸了，干结在眼镜片底部。最后镜片也风干皱缩，不知所终。

3   猪圈

郑欣爱八十岁时罹患晚期胰腺癌，同一年，生命医学领域在基因治疗方面获得重大突破，端粒再生术成功应用于一期临床实验，能使人返老还童，但手术的预后不好，术后两三年间，做过端粒再生的染色体崩解死亡，人在半个月内全身性器官衰竭，迅速死去。

郑欣爱年龄大、病重，丈夫已死，儿子失踪，曾从事护士工作，有一定的医学知识背景，是端粒再生术的理想志愿者。她也有运气，报上名以后抽签便中奖，不久做了手术，术后恢复期一个月，这一个月里，郑欣爱百病全消，返老还童。

再挨过三个月，医院方面对她的跟踪随访总算放松一点，郑欣爱立刻联系旅行社，坐上了全球巡游的豪华游轮。

游轮从上海出发，经由泰国、斯里兰卡、埃及、西班牙一直到巴拿马，之后绕美国重回上海，为期九十天。郑欣爱住头等舱，携带少许人民币、美元，另有许多小黄鱼。黄鱼小拇指粗细，半个指节长短，千足金，累起一小摞，扎得严严实实放在行李箱夹层里。

早在做手术以前，刚刚交上手术志愿报名表的时候，郑欣爱就变卖房产、基金、钻石订婚戒指等，全都换成了硬通货小金条。郑欣爱现在回到三十出头的模样，老花眼消失，味觉敏锐。她在游轮上吃尽美味，喝酒，在酒吧和男士调情，请漂亮的小伙子喝酒。有天晚上，她甚至和一个高挑的女青年跳了一支华尔兹，她把慢三步跳得相当舒展，低胸长裙的红裙子流水般飘漾。共舞的女青年是个混血儿，皮肤如蜜，灰眼珠，短发染成银蓝色，侧面剃光。一曲结束，女孩想吻她，闪烁的目光说明这不是个礼貌性质的贴面吻，郑欣爱便拒绝，女孩笑着耸肩，邀请她再跳一曲，郑欣爱已然尽兴，挥手离开。

她和人搂抱、上床，但是不接吻，因为端粒再生术并不能使牙齿再生，郑欣爱现在一口璀璨齐展的假牙，怕吓坏年轻人。

游轮驶入加勒比海，在三个知名的海岛轮番停留，郑欣爱比较以后，认为第三个海岛最适合她，这方岛屿地广人少，没有异色沙滩与海盗典故哗众取宠，她作出决定，把一切通讯设备与证件踩烂丢进海里，躲在一间当地人的茅屋背后，目送游轮远去。岛上原本民风淳朴，商业开发之后土著也迅速学会了灵活变通，一家餐馆是夫妻档，丈夫收银，妻子主厨，儿女充当洗碗工和招待，他们喜欢郑欣爱的小黄鱼，进而喜欢上郑欣爱，他们比划着告诉她，一切不用担心，岛上连个像样的警察局都没有，郑欣爱一个字都没听懂，但这不妨碍她安心住下。

她每天游海泳。一天清晨，日照尚不强烈，在蓝绿色的海水中神游天外，忽然感到有人摸她的屁股，一转头，看到一头慈眉善目的猪。

自从巴哈马群岛一群猪在海里游泳的照片走红网络，猪就加入了当地网红经济之一，各岛争相豢养。拱郑欣爱的这一只名叫伯纳黛特，昵称伯妮，是最早那群游泳猪的直系后裔，三年前餐馆老板娘为吸引客流量，将它从邻岛抱回。伯妮善解人意，不仅和餐馆自己养的公猪组成家庭，去年还成功带领老公和新生的孩子们下水。

伯妮对郑欣爱的亲近直接而纯粹，一起在水中游了一圈以后，她们俨然成了相见恨晚的灵魂搭档。伯妮的老公和孩子对海水的热爱有限，仅仅在伯妮的敦促下才下海讨好游客，伯妮对海却爱得天然。和郑欣爱建交以后，每天日出以前，母猪亲热的哼唧声就透过木片百叶窗传到郑欣爱的耳朵里，那时她往往在戴假牙、吃早饭，有时甚至还没醒。哼唧声持续一小会儿，接着转到门边，郑欣爱便开门让老朋友进来，如果早饭吃荷包蛋，就给伯妮也煎一个，它很爱吃。一天早上，哼唧声迟迟不出现，郑欣爱梳洗完毕，到猪圈查看，发现伯妮精神萎靡地趴在角落，它的丈夫心大无脑，兀自撅着屁股在食槽里寻寻觅觅。

经过兽医诊断，伯妮再次怀孕，胎儿成长太过迅速，压迫食道，使它无法吞咽。不吃不喝的情况应该是持续了一阵子，到今天它终于爬不起来了。兽医给母猪注射了抗生素与调节胃肠的药物，关照主人给以软食。接连两三天，伯妮都没有到郑欣爱的窗下叫早，倒是郑欣爱天天去探望它。伯妮热爱游泳，身体干净而无异味，郑欣爱抚摸它的脊背，顺着它的耳廓轻轻往下捋，它便惬意地眯起眼睛，热烘烘的气味从鼻子里喷到郑欣爱的胳膊、膝盖上，带一丝淡淡的动物腥臊，但也许真的是熟悉了，郑欣爱并不反感。有一个下午，她甚至偎着伯妮睡了个午觉，醒来时伯妮正淡然地吃着一盆特制的拌料，老板娘显然是来过一趟。

亚洲女人挨着猪睡觉的笑话两天内传遍了小岛，岛民们看见郑欣爱都笑嘻嘻地打招呼，种族差异的关系，郑欣爱不太看得出这种笑是善意还是讽刺。这之后，上餐馆找她的人变多了，有时土著拿着一件他们自认为来自亚洲的东西，让郑欣爱相看，估计是否值钱，有时问她一些古怪的问题，比如"你是否有四个丈夫？某某说你亲口承认的，有四个丈夫"，岛民们大部分说土著语言，老板娘的女儿说那叫做泰诺语，他们的官方语言是英语，但从他们嘴里说出来也带上了浓重的口音，比印度英语还叫人摸不着头脑。郑欣爱英语极差，即便有老板娘女儿从旁翻译，往往也听得一头雾水，没有翻译的时候，就只能对着来客傻笑。

在岛上生活将满一年时，一个常来找郑欣爱鉴定亚洲物件的青年给她带来一束花，郑欣爱一时糊涂，想当然地以为仍然是份鉴别工作，仔细看过以后，确认在中国没见过同款，便对青年摇摇头。青年却拿着花，呜哩哇啦比划一通，把花往郑欣爱鼻子底下凑，郑欣爱懂了，接过来，对青年表达谢意，青年立刻倾身过来搂住她。

这误会可大了，郑欣爱赶紧找来老板娘女儿，告诉青年自己无心恋爱，青年垂头丧气地离开。当天晚上，郑欣爱揽镜自照，想象一个异族青年眼里的自己该是什么样子，台灯光下，她在年轻面孔的额角处发现三个老年斑。

岛民们发现，古怪的亚洲女人越来越爱和那头网红游泳猪待在一起。他们对于亚洲人的所有想象都来自这个女人，借由郑欣爱，岛民们认为亚洲人都不可理喻，但还算和善。

伯妮再一次怀孕，这不妨碍它游泳。有游客上岛，餐馆夫妇就让它带着全家下海，供游客惊叹和拍照，没有游客，它的游伴换成郑欣爱。游泳时它心无旁骛，游累了，它就在沙滩上睡觉，它很少发呆，它的眼神从不放空，它总是有目的地盯着什么地方或某个人、某样东西，郑欣爱认为伯妮思考的时间比人要多得多。

没有过去，没有未来，生活在一个假冒的躯壳里，郑欣爱却感到自己生发出了一种新鲜的爱，她爱上了一头猪。

那不是曾经对丈夫、对儿子、对父母的那种爱，那些爱都驱使她要去干些什么，对伯妮的爱却不改变生活里的任何一个细节。

胰腺癌曾经毁掉了郑欣爱的胃口，端粒再生术后，胃口恢复了，在游轮上，郑欣爱胃口大涨，但直到爱上伯妮，她才感到食物的营养百分之百地被身体吸收。郑欣爱胖了起来，渐渐超过正常的限度，变成一个胖女人，走在沙滩上，她和伯妮宛如真正的亲人。

郑欣爱时隔久远地回忆起张光亮。张光亮也贪吃且胖，但丈夫的胃口只在工作繁忙时阶段性地暴涨，儿子失踪以后，他以惊人的速度瘦了下来。有天晚上，他向郑欣爱商量抱养一个。那时他骨瘦如柴，说完话，期待地看着妻子，突兀的眼球在眼皮下簌簌滚转，郑欣爱感到恐怖，仿佛看到一个两百岁不死不灭的人。

这一瞬间过去，张光亮的面目又恢复如常。

心伤随时间淡化后，张光亮、郑欣爱的日子也回归到普通人的水准。赵梦鹤出走三年后，她甚至开始怀疑这个儿子是否真的存在过，他怎么可能会姓"赵"？甚至于世界本身也令人怀疑，这样一个世界使赵梦鹤出生，又使赵梦鹤消失，而世界本身并不发生根本性的变动，它仅仅在郑欣爱眼中倾斜。

郑欣爱最后一次邀请伯妮去游泳，伯妮的肚子胀鼓鼓的，怀着孕，划水时有些笨拙。它总是在这些方面奇怪地和郑欣爱保持一致，或者说郑欣爱和它保持一致，如今它行动不便，郑欣爱正巧也骨质疏松、肌肉僵硬，在水里坚持不了多久，两者都疲惫地爬上岸，气喘吁吁地休息。

夜晚，郑欣爱洗完澡梳头，梳子带下一大把头发。镜子里的面孔还是三十出头，额角的老年斑也没有增加，可是郑欣爱听到自己呼吸的浊音，驱动肺叶要用不小的力气。她今天总共只吃了一片面包和半片菠萝。

拿着酒瓶出门时，她在月光下站了好一会儿，还是没能适应黑暗。好在路是走熟的。她摸摸索索地来到猪圈，推开栅门，叫了两声"伯妮"，母猪温柔的黑影挨了过来，潮热的猪鼻子嗅了嗅酒瓶，又拱进老朋友的手心打招呼。

酒是岛民自酿的葡萄酒，度数较高，流进胃里刺激脆弱的胃黏膜，引起烧灼感和疼痛。

郑欣爱想偎着伯妮，但并不顺利，常有它的儿女挤过来亲近母亲，它们基本上已接近成年猪的体型，生命力旺盛，动作灵活躁动，郑欣爱重返老花的眼睛看不分明，只感到温热丰厚的身体在周围涌动，把她手里的酒瓶撞得酒液四洒。这是一群温热的生命，郑欣爱伸着手，不知餍足地抚触着它们，与它们游戏，纵容它们舔舐她瓶中的酒。她终于感到，此刻如果要生一个孩子，她是愿意的。

第二天早上，晴日照耀岛屿，猪圈里发生了两件事，一是亚洲女人死在了猪圈里,另一件是伯妮三度生产了,产下三头小猪。热烈的阳光把尸体都照暖了,猪崽吃过母乳,四处爬动,亚洲女人的躯壳成了它们天然的游乐场,它们在她的头发、胸腹、手脚间乱钻乱拱,倦了就睡在她的臂弯里。

罐头

枪枪

1

我的名字鼻鼻叫。梦幻国度是这里。我这里三天来。梦幻国度很美。大的地方。高的房子。尖的顶。多的颜色。我们玩游戏白天。女孩。全部。我们奔跑。最慢的人，消失。回来。她不高兴。我跑得很快。中午土豆一个。水。

我们做手工晚上。硬的。铁皮。空罐头。手破了。血。红的。粉色的肉。不高兴。晚上我们睡觉。没有土豆。我的房间。粉红色。我喜欢。我没有房间在家。床。软的。被子粉红色。全部粉红色。喜欢！喜欢！半夜。吃罐头一口。没力气。因为跑。爸爸给我的罐头。最后的礼物。我们都有礼物。带来的家。别人爸爸项链给了。

第四天。我跑得很快。也。昨天最慢的人旁边我。耳朵她没有了。她不高兴。我不高兴。跑。没力气。摔倒。跑。最后一个我。男人拉走我。医院。白光。男人黑色的眼睛。刀。亮亮的。血。舌头我没有了。不高兴不高兴不高兴。男人摸我头。勇敢说我。高兴？不高兴？土豆半个。咸过头。晚上罐头一口吃。

第五天。没力气。她旁边我。香。眼睛她没有了。我不高兴。一根我抓她的手指。嘴里没舌头。她点头，不高兴。我手指上她脸上的水，我吃水，咸过头。她香。最后一个我和她。男人拉走我们。医院。白光。鼻子我没有了。

罐头　37

鼻鼻没鼻。血。男人的手。我下面。男人高兴。怪的东西。臭。不高兴不高兴不高兴不高兴不高兴不高兴不高兴不高兴不高兴。血。男人好玩说我。高兴？不高兴不高兴不高兴。晚上罐头二口吃。空气里味道血的。血和舌头。她去哪里？不高兴。

第六天。第七天。没力气。一点没有。

2

惊喜！特大惊喜！

超市货架是世界的观景平台。临期罐头的特别运气，手欠半大小子、身高一米九三、假装投篮，随机将我扣进货架最高层。我尴尬与周边新鲜罐头示好，罐体细边凭空踏出小碎步，是我虚空中局促搓手，看清她们长方身体，四角柔圆、是集体性格外化，铁皮外衣蓝到最浅莹莹、黯金稀薄头发闪光、反别易拉罐同款拉扣，胖龙细凤手绘大字：午餐肉450g。大拇指上翘表达美味，千百年不变。

她们不响、表示轻视。她们铁皮衣服我第一次见。贵价新鲜罐头天地，不如我熟悉自己身体每一毫克食盐，分布不均、神秘馈赠，沙漠中奇行绿舟，连接肉糜与残存筋肉，如同电子奔过黑簌簌电路、盏盏电阻噼啪。据说人类吃菠萝时候菠萝也在吃人类，我亦是这样，我知自己身体每一寸滋味，午餐肉自我修养。三年保质期约等于整个白垩纪，自我咀嚼抵消无聊，境界千门、次第洞开：第一年第一天，油脂如同雪橇犬，龇牙咧嘴、携带我火速巡游整个长方肉体，无边际蜡味，好似刚识字儿童读《战争与和平》；我拿出小说人物行动力，从断裂记忆中提取机器碾磨肉糜细节，那是分子与分子的纠缠，肉色为之惊变，人类为极致口感，将研磨工艺变成潘通色卡游戏，种种肉色、近似到无法分辨，以奇绝比例调配到一起——我的身体。美味的蒙昧，持续三百二十五天。第三百二十六天我如肉制轻雾从薄梦中仰卧起坐。小说选定我，必有特别幸运。我从虚空中乱发念想，驱动体内食盐，它们好似古早动画《狮子王》中帮凶斗眼鬣狗，从阴翳中踱出，闲闲哈腰、听我差遣。于是我有了冰棱晶的桥、天梯和渔网，450g 身体是无字电路图，我每日奴役盐晶，搜捕堪用零件，划线连接点亮。这些咸味差役，生就追杀你到天涯海角本性，不出二天犁出一米鼻粘膜、再知混进一方咽喉表皮，三天内配齐五官中四科。我惊奇练习嗅闻、听觉，贪婪如鸬鹚吞鱼、喉管都鼓出鱼形。无视力的世界充满谬误，我感受巨掌来袭、浓味汗酪逼近，心惊今晚恐怕要被带走、放进空气炸锅。三秒后，才知只是一头熊系巨汉路过，并不稀罕蛋白含量稀少的贱价罐头。到第二年的第二百七十八天，我才知眼细胞尚存，使我能穿透铁皮牢衣观景。如同现在，在超市货架居高临下：这是一个头顶的嘉年华。

高耸颅顶下隐藏无毛伤疤、油光反射秃顶上黄褐斑、针针上指板刷下头皮粉刺。痰渍世界、男人五六七、发酵腌臭、机械邓氏鱼空游，无所依。机器鳍搅动浓绿液态空气，他们炫进生活必需品：老坛酸菜方便面、白色中帮尼龙袜、斯伯丁篮球、重量各异镀金项链。我看到一个将秃未秃头顶，头皮青绿、抖抖上升，先是混拌油蛤气味刀刻前额，再是一双负鼠式无眼白眼睛，棕浓眼珠啜啜，鼻息抚过外露鼻毛、微重，直直聚焦我。我本能想空出距离，不健全鼻黏膜作痒，被他吐气猥亵。

"最后一盒。这么高。"他边颤颤下梯，边咕噜。我从他指缝看见贱价罐头货架——我原本属地，已经全空，常年拖拽露出银色铁皮，看向里黑黢黢，如同过往三十年变成白纸、折叠一百零五次后结果。那货架我待足三百天，目送芸芸肚腩，弹来拱往、肚脐眼对肚脐眼；同时感受体内连接力量：历史辜负了我们，但没有关系。据说午餐肉正反各煎两分钟最香，廉价罐头也梦想拥有顶级肉味。黑夜里亮亮猫眼。那时我觉得，这样过期是我最佳归宿，如同一份档案永存霉味深海，一朝考古发现，开罐真相四溢。可这男人攫住我，手上烟油孳重，掌心丘壑坚硬，小指一寸指甲、熏黄，甲面脊状凸起道道。我判定他从事体力工作。

2.1

我活过的世界,已记不太清。450g身体全被盐晶点亮时候,零星片爪出现,如同已进博物馆的幻灯片装置:钢丝球发型老太,持喷火枪灼烧《使女的故事》,书页浴火无损;旋转杂志封面、"古老的罪恶",集贸市场售卖女人;大学教室里,女多过男;爱来爱去电视剧,切换频道、无限重复"我要为你生儿子"台词;比基尼杂志;黄色网站、生殖器官注射硅胶,人均十八厘米、大膨颈蛇头;大小屏幕,文字旋成流沙河、每陷愈深,杀人、卖人、吃人,下坠速率快过蜂鸟振翅;大流行后,人类禁锢在家、大脑萎缩,口语简化成"这个""那个",家庭沟通如猿群互吼、一日比一日回归山洞。语言还存在吗?我生活在语言等于魔法的最后年代,文字传递天与地的信息:自有一撇斜刘海、由有一根冲天辫。长句有长句英俊,短句有短句美丽。后来语言变人定胜天工具,变弥天大谎工具,变杀人无罪工具,正如我奴役盐晶。

我对时间感知也已不清,只觉三十岁后时间,如连按快速倒带键。坏事接连一件更坏,不可能接连一个更不可能。生长起来的世界不复存在:地球村也闹分家、我们开始等同于我、原子与原子无法对话,只有对撞、你死我活。弱者出现在"被"字句主语位置、真正主语嬉笑隐身。千禧年歌声犹在耳边,"在实验室里做实验／看看有没有不变的诺言",黄金年代、全人类热衷无脑恋爱、生殖欲望冲出卧房推动科技;原始社会本是幼儿绘本内容,可它先像远处雷声,下一秒,山洞已降临每个人内心。

2.2

于是我被男人带回家里。

屋子十二平方,朝南木窗红漆斑驳、捡来沙发污渍可疑。绕墙一圈冰柜,大流行后遗症。正中间四方贴皮木桌,女孩正擦桌,鼻涕色抹布破烂。十几岁光景,扁平面孔和身体、浅巧克力肤色、齐眉蘑菇头、玻璃球眼睛,好像新手父母练习用仿真娃娃。她从厨房捧来蒜蓉西兰花、肥肉漂浮排骨汤、米饭,两双碗筷。我闻见她身上七分辣味薄荷、三分海藿香,活过世界回光返照:那些无所事事夏天,我常与男女友人边走边谈,书荫酣浓、投下魔力热量,恼人小虫跌进海盐薄荷双球蛋筒,我手指戳进冰淇淋,小虫被困甜蜜水滴中——如同现在我自己。

听她说:"爸,吃饭了。"那男人埋沙发里,眉头拧紧、手指点压下颚,精密仪器检测、明晰每厘故障。她又求:"爸,吃饭了。"那男人不动,耳朵上锁。

她两步走到男人面前,单膝点地央求:"爸爸,吃饭了。"说话声音内吸,我形容不出那古怪。男人目光投向反方向、缓舒一口气,起立、两步路走得珍重,板凳漆黑如铁王座、筷子是两支朱批御笔。

一只豪猪样五六岁男孩斜刺过来,坐另一个凳子、脏手拍桌。女孩站着,为他们盛饭:大碗三球米饭、压实;小碗一球半,夹一棵西兰花、种最高点。"太少,树!"男孩号叫。女孩又拣盘中最大一棵,递嘴边、让他咬下两羽分支,再替他栽下。"山、干!"男孩号叫。女孩舀一勺汤,均匀浇灌、饭粒松动。

男人举筷、努嘴,点指木桌中心的我,"明天带着。给你。"

又问:"东西都准备好了?长大成人,这是好事。"

女孩仍站着,玻璃眼珠、小透光,不时如钉耙勾我,微热。我忆起过往荒唐性事,酒店长毛厚绒地毯、高跟鞋七寸钉移动无声、微陷床榻、被单下充血眼球、细小根茎奇丑,书本与实际落差,失望的探索。

"今天你可以早点吃饭。"男人说。

豪猪样男孩钻桌底。男人嚼饭如老年骆驼、碾磨幅度夸张,突然哀哀一声,牙齿打架、釉质绞葛,"咔嗒一声,你听到没有?"男人眉毛眼睛蹙起来,"背也痛、左手抬不起来,昨夜涂的药水,一点没用……"

"就这样。还给你去买了这个，"他四指扣桌，意指我，"收好去"。女孩手伸向我。

"不对，先吃饭。"男人筷头点点西兰花，盆中零星蒜蓉残酱、油汤仍热，飘白色幽灵。女孩用西兰花餐盆盛一球饭，食指中指为筷、小口快速，不时盯我。

豪猪男孩窜出、快如棘刺，站凳子上，抢我到手。五六岁儿童手力惊人，半掀盖子，边际撬起，手指横抠，卷一片我塞嘴里。登时我的世界，声音减半、如溺深海，还来不及与空气氧化、巨大"嗡"声灌入我，那是奥陶纪第一只蝎鲎踏上陆地同样感觉。豪猪男孩不罢手，满是口水亮晶晶手指再戳、我身体出现浅坑、中坑、深坑。

那女孩瘪嘴、看向父亲，男人品味牙齿错位痛苦，故意将余韵拉得悠长，那是五千年史诗蝉翼切片、空气吊兰无土无水，次次突破忍耐极限，细密水珠一喷、复活如初。大流行后，史诗在我们基因里淫异腥笑，此前我们中多数忘了它存在，以为自己是自由的。开始我们不以为意，以为只是1918年西班牙大流感同类，祭出点自由给它沾浆吃，换得安稳；后来我们开始饥饿，千万年进化出一星半点同理心磨灭，乖顺接受摆布、欲言又止，开煤气、煮挂面，关闸时候引用茨威格，热面下肚、精神浸泡在往日世界海水中，体重不降反增。饥饿连锁反应、我们始料未及，摩登原始人动画片、荧幕进入现实，前一秒在画笔山洞中骑恐龙、下一秒出现在城市中某座天空爬手塔顶,文本与文本,无转换余地,一种"你能奈我何"自暴自弃。哈。历史。

"爸……爸!"女孩叫。男孩自己停手,他指腹割破,被我罐边利刃。我用虚空中鼻子冷哼,驱动盐晶品尝他温热血液和皮肤表皮。男人如梦初醒,对男孩哼斥一声,喉音浑浊的年老灵长类。

2.3

大流行后,人类拾起早睡习惯。晚七点,男人已剥光外衣、只着内裤,手叉腰半裸站立,只是直视虚空、奇诡睡前仪式,最后以一个惊天哈欠,宣布上榻就寝;男孩睡他脚边,蜷作小兽。

这屋子女孩无处隐身。面包店透明罩下曲奇饼干。

她取来浅莹莹蓝色包袱,("还不睡!"男人骂;"收拾……再。"女孩轻语。)打开,里面是:娇粉及踝长裙一件、皙白平角内裤两条、月经带、毛巾。我想伸出虚拟双手、拍拍她肩,告诉她,我活过世界,有一种事物叫旅行箱,有一种事物叫卫生巾,有一种事物叫胸罩,还有一种事物叫游乐园。她打开毛巾,露出一枚长方"梦幻国度"

胸针，正面白描托腮女人。

我才知：她要被送去那里。

她托胸针在掌心，芹菜手指细抚凸起铁线，再将我裹进毛巾深处，毛巾上绒头尖硬差点扎穿我铁皮衣服。女孩如果睁大眼睛，就能看见我铁衣背面，正有托腮女人标志。

我正从"梦幻国度"来。

超市货架上的罐头，都自"梦幻国度"来。

历史辜负了我们，但一切还不晚！我那些卖命鹰犬，前天奉上一毫声带切片；外加扣押那头豪猪弟弟的口水与鲜血，我将模拟疏密波，对她气壮山河喊出："跑！"壮举。于是我驱动盐晶，事与愿违、声量细小，不及针落十分之一。那女孩从衣橱取出被褥，爬上吃饭木桌，侧卧。"跑"字荒腔走板成"晚"字，她又想想，将我捧出，枕我入睡，我听见她肠道痉挛。呼吸与一切呼吸并无不同，夜与一切夜并无不同。

夜深。我听见眼液搅动，是她突然睁开眼睛，叩桌三下、一长两短；男人男孩床那边，传出三下回应。女孩带着我下桌，像最狡猾白线斑蚊，绕过男孩和父亲，我听不见她脚趾点地声。向下看，一老一小两只酣睡疣猪、梦里拱土。女孩移开墙上一块砖头，出现半张脸。一样玻璃眼珠。

"妈妈……走了明天我。"

我奇异她说话能力。三字五字最多，从未有长句。返祖社会、再见语言。"鼻鼻!"女人说，项间叮珰，我听见她马上把手卡进项圈，止住响声，"活下去，像水熊虫一样活下去!"

我才知道女孩名字。我还听到，女人体内又有了生命。你很难听错那种水声，小小兽游弋母体、三叶虫时代就如此。鼻鼻扬起我，在洞口晃晃，手指扣进拉环、将我全部打开。她指甲掠过我，刮下一层，连同罐盖，上头有我沤出几将过期汤汁，递进洞里。那女人接过。

四只玻璃眼球，黑夜里晶亮。

于是鼻鼻返桌上睡。这次她睡得安稳，做了梦、梦见水熊虫在真空中缓步，八足游荡、尖端毛茸茸。

2.4

第二天我们坐长途车，目的地：梦幻国度。我裹毛巾深处，什么都看不见。一车女孩，攀比除牙术。她们中不少从小除牙，骄傲牙床光滑柔软。我突然明白鼻鼻说话古怪的真正原因。自从第一个男人打落女人满口牙齿，到如今，恶行变风俗变经典，变昂贵阶级标签。

鼻鼻靠窗坐。一车女孩，又攀比最后礼物。赢家是一根银制项链，吊坠打开是父亲兄弟合照，"我们一家都长得很像",那女孩说。比拼人性的赛场,鼻鼻只有我。我练习那一毫声带切片,试图告诉她:我也曾乘坐同一列车,去往"梦幻国度"。这多年,靠椅都没旧,我从你衣服摩擦声音辨析,它光滑如初。我会告诉你,到站后会发生什么:你得用包袱捂住脸,他们的三氯异氰尿酸消毒水无眼,纤维化你肺。他们的手还将摸遍你全身,包括你自己未探索的两腿之间、他们指甲带泥、钻到你隐秘褶皱里,告诉你这是为你好。你下意识弹开,他们会讥笑你,"还不知道这是什么,只知道拒绝",你一瞬间怀疑是不是自己神经过敏,他们双手的确有科学魔力。你来到"梦幻国度"门口,闸机蜈蚣、二十多味,我当时被贴上标签:"无生育意愿"。其余口味还有:高龄、不孕不育、企图离境、"有关"问题……

往前走,对,就这样,"不孕不育"往这里走,很好。"梦幻国度"工作人员声音甜美、内部工作手册严明,微笑服务进入每月考评。你心存侥幸,以为真来度假,至多三天,就能回家,走时只给家中老猫留七天口粮和鲜水。你早听过"梦幻国度"传说,你见过社交网络上脑筋急转弯式密语,你浏览过风马牛不相及评论区的遥远哭声。而你只是盯着煮沸的水,下每日放到门口维持生命的挂面,想起人类群星闪耀时、过去的歌,无人知晓另一重含义的歌词,默唱百遍。你不敢相信那些呼救指向的可能性,你成长的世界不允许你的大脑有这样推断,绝对禁区!直到自己站在"无生育意愿"闸机门口,你回想起某天新闻:一女子当街被砍杀,尸体被做成女体盛。

3

第三天晚上,我从鼻鼻身体里醒来。节俭女,饥饿三天整,心别别跳,眼睛煎烤我。我虚拟嫩肉柔嗓,劝她:嗨。别害怕。我的死亡不过在你身体另一次醒来。可她将手抬起放下。一夜几十次。我表面小粒油脂泛白,凝固问号、相对无言的"是否?"瞬间。终于挖一口我进嘴里。我们同眠粉红小屋。夜里我在鼻鼻体内唱歌:别为我哭泣,阿根廷。

第四天她呆呆进房,手心手背伤痕新添。我习以为常,梦幻国度特色,女孩女人每夜制作铁皮衣、弯角尖锐、金属无眼,自己鲜血编织自己裹尸布。她们中不少怀揣回家希冀,好像胸罩里藏毛茸茸破壳小白鸽。猞猁狞笑。我曾是其中一个,直到横躺进六层推车、一百二十度高压炉烹煮、去皮、腌制("嗨!盐晶我的老朋友!")、斩拌,填满罐头铁皮衣,被压实。二十多味罐头、二十多条流水线。你会爱上那声音,宇宙深处脉冲星来信,虚无被填满、钢铁蛇身载无尽罐头，活动的莫比乌斯环。扯远了。我随一粒味蕾黏着鼻鼻断裂舌根、晚二叠世莲座蕨类孢子，紧抓血肉峭壁。鲜血结成软酪，咸甜、断舌以为舌尖还在，维持原来角度。我费解他们何时生出这主意。我的年代，锅炉巨大、他们推车、倾倒、了事。所谓原汁原味。

第五天我知道鼻鼻爱上没眼睛女孩。一样扁平如叶身体、辣味薄荷海藿香。爱在此地变成本能，闻气味辨认同类。我们间没秘密，大脑打碟、血液扭腰，意念如同摇滚乐手、跳水器官海浪。鼻鼻贪闻她。我嗅到恐惧与爱混合信息素，绿头苍蝇折射奇美金属光，猎猎响。鼻鼻一根手指沿女孩手背细走，啄起她一根手指，张嘴，让她感受口腔空旷。那女孩流泪说，"我知道，我知道。"鼻鼻捻了她泪水，抹自己舌根，第一次感受咸味如列车、掠过疯狂动物城，站次极多、那是我一纤味蕾倒挂断舌悬崖功绩。丰富和丰富的痛苦，猩猩学会皱眉的瞬间。鼻鼻识得了复杂，如同手持多棱镜，猛然站两面相对银镜中间，无限个自己，多棱镜游走，放大身体各处，识得眼珠深处钟乳石星云和反倒迷你小人，我的功劳！他们拖走鼻鼻和女孩。大白蛋医院，过道岔口即永别，鼻鼻的初恋。手术台，灯光过曝，如游海底，手脚变细沙，刀光。他们缓慢切割鼻翼。其余人排队、先自慰，一个接一个，进入鼻鼻。第六天他们取走她耳朵。

第七天他们宣布她为"肉",罪行是无生育能力。他们向她展示存放舌、鼻、耳透明培养皿,以示程序正义,恭喜她将造福哑巴、毁容者和失聪人。他们赞她无私(鼻鼻几乎相信,内啡肽小分队冲撞我腰),只需最后一步,失明者将因她再得光明。他们问她是否愿意,说"愿意"同时智能机器将识别语音,打印厚约一指自愿书。鼻鼻说:不。他们不惊讶。为首男人眼风一扫,其余人排队,解腰扣、拉链。我惊讶他们一人更比一人粗长,整形手术下血本。鼻鼻和我用冲出胸腔声音喊,诗词变古老咒语,超音速水熊虫,旅行包携带原始部落篝火,驱散狼群歌声,洞穿瓦特蒸汽机,世界第一天空爬手玻璃幕墙——

我欲因之梦吴越,一夜飞渡镜湖月。

他们跌坐在地,全员下体瘫软,好像毛虫伪足脱落,掉进与天空同高,空气吊兰植物园般时间里。

南方蝶道

苟海川

来巴中的头两个月,我像个摩的司机一样,整天都在外面跑着。那时我刚从长沙回来,几次求职碰壁,最后在朋友的推荐下,去巴中至城口高速第六标段,转行做安全员。每天上午,我骑车从山脚出发,沿着施工便道,到隧道出口里面,看工人们在刚露出的山体上搭钢筋,忙上忙下,稍微有点异样,我就走近叮嘱,要注意安全。隧道内二衬台车低吼,卷起的灰尘此起彼伏,待久了出来抽烟都没滋味。一赶上休息的时间,我便骑着辆灰扑扑的摩托车往后山钻。有时去溪沟潜水,之后躺在树荫下的青石板睡觉。等到火烧云沸腾的傍晚,我便去爬半山腰那座孤零零的高压线铁塔。我喜欢边爬边把耳朵紧贴微微发烫的塔身,听电流从千里之外驱驰而来的低吟声。这时候,隧道口就像两个没有眼白的眼球,直愣愣地窥视着万物。

程雨菲发来微信时,我刚叮完出渣组运走渣土,正准备去隧道外面换口气。她先是旧话重提,问我何时带她去壁城看涂永,自从上次知道涂永是我朋友后,她便见天讲这件事。我正琢磨怎么混过去时,她接着又说,最近连续阴雨,今早上课路过廊桥,河面的雾溢上来,感觉像走进了莫奈的画。没等我发"跳进去才是进入莫奈的画"时,她已经又发来一句,下午要搬到银耳厂去了,你最好过来

南方蝶道

帮下忙，不然后果很严重。她经常就是这样，非要临门一脚才讲。我翻了翻工作群，看下午暂无危险的施工任务，打算回宿舍眯一觉再去接她。于是回复道，下午两点我来接你。至于去壁城，要不再等等。我现在不方便请假。这是真事，芒种过后，汛期逼近，隧道施工进入攻坚阶段。经理在晨会上多次叮嘱我，要婆婆嘴，金刚心，最好是把眼睛抠出来仔细看。就在昨天，他们钻到了地下水，水从各个缝隙里喷出来，掌子面登时变得和水帘洞差不多。我聆听山体传来的阵阵低语，窸窸窣窣，如同鱼在水面吐着泡泡。

程雨菲要搬去的小院，在滨河路的对岸。那里由一片老旧小区构成，沿山而建，毫无章法。我们从出租车下来，再往里走比较狭窄，车进不去，只能人工搬运。让司机帮下忙，却要急着走，加钱也不情愿。我们拖着沉沉的行李箱，走在湿滑的小巷里，两边低矮的破败楼房，鳞次栉比，构成了一个巨大的巢穴。路过有的小餐馆时，门口横着一个泔水桶，散出的味窜得胃酸。银耳应该是菌类中的君子，程雨菲突然冒出一句。银耳从生长到成熟，都依附在木材上。所谓良臣择木而栖。你再看它皮肤雪白，晶莹剔透，尤其是夏天那一碗冰镇的银耳汤，冰冰凉像饮了三九天的风雪，说完露出可爱的小虎牙。自从当上老师后，无论聊什么，程雨菲总喜欢强行解释一些东西，现在又开始和我讨论起银耳在其短暂一生中的命格了。没见我搭腔，她顿了顿又说，伟大灵魂必定诞生出美味的食物。屈原——粽子。苏轼——东坡肉。数不胜数啊，就银耳最造孽，至今还找不到代言人。

从锈迹斑斑的铁门进去，进门左手靠墙位置，堆满了绿植。其中一盆芦荟，被削了半截，正流着透明的汁液。院子中间一棵枇杷树，果香蔓延，压得枝头沉甸甸的。我忍不住去摘，程雨菲连忙指指房东门口说——房东歪得很。房东老太太正关着门在拉二胡，音符从门缝里钻出来，咿咿呀呀，逼仄绵长，拉扯着整个小院。屋顶一个锅盖天线，好像正在向全世界同步她的演奏。我们上了二楼，程雨菲上前开锁，铁门生了锈斑，开门时嘎吱作响。锁已老化，第二道门程雨菲捅了半天才拧开。房间很小，一室一厅，有厨房阳台，家具挺全，只是有些陈旧，电器普遍偏小，尤其是冰箱，半个西瓜也放不下。我揭开沙发上的报纸，灰尘立马蹿起来。程雨菲看我毛手毛脚的，叫我去卧室把被单套好。她自己则去卫生间接水，把桌椅板凳擦过一遍，又把包里的衣服翻出来叠整齐。半小时后，终于收拾完，我躺在客厅的竹椅上，把腿伸得很直，听楼下传来的二胡声。一曲罢了，一曲又起，看房东没有中场休息的意思，又看枇杷树枝繁叶茂，我按捺不住，于是翻过阳台，站在边沿上，一手抠着阳台内侧，一手去扯枇杷树的枝叶。

南方蝶道

枇杷橙黄，表皮泛光，程雨菲接了一大捧。我拿到厨房洗净，又挑出一颗剥得光滑油亮，喂给程雨菲。她伸过头来尝了说，好甜的。吃完枇杷，我点上一支烟，烟雾弥漫在房间内，把程雨菲呛得直咳嗽。我推开窗户透气，程雨菲的卧室正对着银耳厂宿舍。宿舍栏杆上挂着一条硕大的白色内裤，被衣架撑得棱角分明，活像一只挣扎的风筝。再稍微仔细一点，还能看到里面四人间的格局。我叫程雨菲控制住自己，不要偷看别人洗澡。要是被满脸络腮胡的大汉追上门找她讨要清白，我住得又远，怕是支援不到位。一根烟还没抽完，程雨菲赶我出去。她说，我要洗澡，你先出去耍会儿。我说，你洗啊，我就在客厅不动。她说，你在这里我洗不了。我说，都是朋友，这点信任都不存在，不至于吧。程雨菲没理我，拉着我就往外赶，关门的瞬间才笑着说，跟你不熟。

到项目部后，经理安排我住在租来的民房里，办公和住宿两用，随时待命。房子靠近大山，夜晚绵长，夜鸦的鸣叫经常从悬崖边传来，声音凄楚，像在传递噩耗。乏味的夜里，我习惯一边听TVB电视剧，一边看小说入睡。这样导致我梦中的画面经常串台，古今大战秦俑情，滚滚燃烧的原野。直到我接触上程雨菲，这段枯燥的日子才有了一丝波动。

我来巴中，是来接替程雨菲的职位。她走得匆忙，没来得及交接工作，只录了段视频放在电脑桌面。经理没空管我，叫我有不懂的，就看她怎么说。电脑才两周没用，键盘的按钮就已变得僵硬。桌面很干净，"新同事注意事项"，赫然出现在我眼前。

画面正对着电脑屏幕，听声音，里面是程雨菲在讲话。她声音哑哑的，像是戴了个口罩。喏，我们这边别的不多，就是要经常写红头文件。不会写，就去找我以前的模板。过期的文件、资料都放在办公室的铁皮柜子里存档，要按工程阶段顺序放，别搞乱了。至于安全日志，你最好隔两天就填一下，就怕临时检查。另外，你得按期给工人做安全培训，别怕多嘴，只要你把他们念烦了，他们也就记住了。她最后还提到，办公室容易长蟑螂，那种很小的，蟑螂婴儿，就藏在键盘里，没事多抖几下。不然钻到你袖口里，你都不会察觉。

很细心的一个女生，我听了好几遍，心想，隧道工程穿山走脉，没贯通前阴阳不调和，在这样的男人堆里工作，她走了倒干净。看完视频，我见 C 盘飘红，于是准备将多余的文件传到网盘。打开软件管家，点击下载，网页提示：是否需要更新？原来网盘电脑里有，只是被隐藏了。磨蹭半天，终于打开了网盘。刚一点开它就自动登录了，一大片文件夹缓缓出现在我眼前，像排着队等我检阅。对于这种突如其来的隐秘之钥,我微微有些紧张,于是环顾左右,见没人过来,就把屏幕往里扳了些看。文件夹里都是一些工程文件,范围涉及贵州四川,也有一些风景照:漆黑的隧道口、还未浇筑的高架桥以及密不透风的森林。我又往下滑了滑,发现了一个命名为"蝶"的文件夹。刚一点开,我就意识到这是程雨菲。她皮肤很白,眼角有颗痣,头发微卷,驼红色。照片中的她,有时身着吊带露出乳沟,对着镜头面无表情。有时则裸着后背,现出精致的西班牙语文身,我用手机查了一下,"Alas de mariposa",意思是"蝴蝶的翅膀"。

过了两周,我以请教问题的理由,在经理那儿问到了程雨菲的微信号。不久,她通过了我的申请。成为好友之后,除了头几天聊了些工作,之后便找不到话题。转机发生在端午节,我回了趟壁城,在朋友圈发了张在皂角树中学踢球的照片。当晚她就主动找上门来。你是不是壁城人?程雨菲问我。最开始我以为她也来自那个偏僻的地方。你听说过涂永这个名字吗?很多年过去了,她是第一个向我打听涂永的人。

在那之后我算是和程雨菲接上了头,我们敞开心扉,无话不聊,常常到深夜也不知疲倦。程雨菲告诉我,二〇〇八年地震后,她随家人去了成都。到初二下学期,她的户籍问题迟迟未能解决,只好回巴中参加中考,当时就和涂永一个班，后来回了成都仍在联系。几年后，念完工程造价，她先去了贵州，又去了云南，兜兜转转最后回到了巴中。由于家人目前已定居成都，每次打电话必催她回蓉，她只好辞掉隧道的工作，考了个教师证，在亲戚的介绍下，目前在巴中一家中学实习，准备先攒点经验，之后回成都考个编制。自从那年涂永出事之后，他们便断了联系。后来看新闻知道了涂永的事，想去看看他，但一直未能如愿，直到遇见我。然而实际上，我早就和涂永断了联系。经不住程雨菲反复来追问，我也只好零零碎碎告诉她一些。

涂永那年转学过来不久我们就熟识了。他自己讲，他爸卷款去了越南，从此失去消息。在那以后，家里不是来警察盘问，就是来陌生人敲门，他妈成天担惊受怕，就送他回壁城老家。涂永喜欢踢球，技术不错，会玩点花活，和我都是巴塞罗那的球迷，经常高呼着加泰罗尼亚万岁。我们经常在一起厮混，不得不承认，涂永这人仗义，出手大方，又能喝酒，来壁城不久就结交了一大帮朋友。有一次我和他从学校后门下山出去玩，沿路都有人和他打招呼。我们是老师眼里的坏学生，不过我们并不在乎，甚至非常讨厌"学生"这个词，好像天生比人矮了一头。我们成天都在想着搞钱的路子，但这条路具体通往哪里，从来都不关心。一起敲诈过摩的司机，一起帮夜场老板找过陪酒女，最危险的一次，在街上被隔壁中学的人拿着砖头追。这样的日子持续了大半年，直到一次涂永搞到一包白色粉末。他问我要不要点，我生性胆小，对这东西恐惧大于好奇。涂永倒是毫不忌讳，当着我的面就吞云吐雾。有一次他来我家玩，临时有事，工具就藏在我柜子里，结果被我妈发现了。我怎么解释都没用，我爸专门从外地回来揍了我一顿，并警告我，要是再去瞎混，就要报警抓我。我爸狰狞的脸反而使我有吸这玩意儿的冲动。平时我连烟都不抽。再后来，涂永接洽上红鼻子一伙人，我们距离才开始变远。

二〇一〇年，七月十五日凌晨四时许，壁城西门桥某小区业主许云被小区环卫工人发现。他躺在小区停车场内，工人以为其喝醉，走近去叫醒，发现满地都是血迹。壁城刑警勘察走访，初步确认系他杀，案发时间为七月十五日凌晨一点左右，致命伤来自头部的敲击，由于监控未安装到位，目前嫌疑人身份不明。公开信息显示：许云，金碧辉煌KTV老板。

程雨菲在房间里洗澡，半天没有一点动静。我敲门，她也不理我。这时手机响了，项目部临时要组个会议，让我马上赶回去。我见程雨菲是铁了心不让我进去，没给她说我就走了。我的不辞而别，让程雨菲和我生了好几天的闷气，而项目部这边，动不动就有上级领导来检查工作。白天，我穿着高筒水鞋在隧道里转悠，顺带着指挥来往的卡车。晚上给工人们讲完安全措施后，只想躺床上，看一本叫《夜谭十记》的小说。至于程雨菲那边，我想破冰，但她却不理我。

过了两天，程雨菲突然打电话过来。当时我在睡午觉，正迷迷糊糊。她一个电话过来，让我睡意全无。打电话就是想问你，动手能力如何？我说，小学乒乓球比赛得了三年级第二名。她说，别扯那些。说正题，给你打电话是因为家里水管坏了，房东老太太又回了乡下。原来她租的房子是翻新的，之前一直没有通天然气，今天上午程雨菲请了师傅上门钻孔，这一钻，埋在墙里的暗管爆了。找了几个师傅，要么不愿意修，说位置太偏，得钻进去。要么价钱要得太高，说要花好几个小时。她说，要不你来试试，搞好了，我请你吃饭。赶紧来，我把水闸关了，撑不了多久。

我借了一把榔头和锯子，又到五金店买了两个弯头、一个热熔开关，以及一截PPR管。到小院门口时，程雨菲正好下楼扔垃圾。见我来了，拉着我就往楼上走。厨房很小，水槽下一股馊味，纱窗上糊满了油脂，阳光照进来，仿佛都有了一股油烟味。我趴下看了看，有些为难地说，水管维修起来很麻烦，得先把暗管附近的墙凿开，再锯断破了的部分，最后才能装上在五金店买的器材。她说，你要敲诈我啊,讲的话和那个要高价的师傅一模一样。我说,不给钱也行,你可以用其他东西置换。她白了我一眼说,爱修不修。墙体不算坚硬,但不方便使力,我半趴钻进去,几个来回,汗水就浸湿了后背。程雨菲见状,去卧室拿来一包湿纸巾,给我擦额头的汗,刚沾上,纸巾就变黑了。我说,你知道什么是越抹越黑不?程雨菲看我被抹花了,笑着说,给你擦就好了,还发表什么意见。我说,老大,我是在给你干活呢。程雨菲说,你等着,我去冰箱给你端冰镇的菠萝。厨房的灰很大,我连打好几个喷嚏。程雨菲过来,时不时喂我一块菠萝,味道酸溜溜的。一直到六点过,我才彻底装好。这时程雨菲已经半天没有动静,我起身来到外面,发现她抱着一本书在床上睡着了。怕打扰她,我来到阳台,风一吹,脖子像被水泥糊住了。

等她醒来,天已经黑了。我躺在客厅的沙发上,正看到《盗官记》这一章。她揉揉眼睛,问我,修好啦?接着往厨房瞄了一眼,确认了才说,手艺不错。我说,和手艺没关系,纯靠毅力。程雨菲说,你想吃什么?我说,我得赶回去,晚上要准备开会的材料。她说,那你得抓紧,这天闷热,估计晚上要下雨。我说,我们好像经常都聊到雨。她说,李商隐写给妻子的那首《夜雨寄北》,就是说的你们巴山一带,四句有两句都出现了"巴山夜雨",我们聊到雨也正常。我说,对哎,以前还没注意。她送我出巷子,路过水果店门口时，有几个高中生正聚在一起在玩滑板，其中一人从一个土坡冲下，空中旋转几圈，完美落地，同伴都在惊呼。我说，我以前也可以这样，后来受伤了，说罢露出我左手的疤痕。她说，怎么搞的？我说，不小心摔了，手臂粉碎性骨折。班主任来医院看我，回去后把我的X光片描绘在黑板上，说，九十度弯曲，完美的弧度，你们再去跳嘛，躺在医院那个都哭稀了。程雨菲笑着说，你们班主任教美术的吧。我说，他把我当反面教材，那次我算栽了。她说，老师太过分可以举报的。我说，我们那地方闭塞，连条高速公路都没，明面上说得天花乱坠，如果遇到不平事，想告御状都要走断腿。程雨菲说，你这样说，我倒是想去看看。我看她又要提起去看涂永，骑着摩托车便走了。

二〇一〇年，七月十日晚上十一点。涂永在金碧辉煌KTV，同一位绰号叫小光头的人发生了矛盾。小光头挨了三刀，背上一处，其余两刀均在手臂上。受伤后，小光头并未报警。直到许云出事后，小光头才联系警察，据他交代，涂永和其老板许云有矛盾。警方通过调查走访后，认定涂永有重大作案嫌疑，随即布置警力安排抓捕。

之后便是川东北连绵的雨季，新闻画面里，巴中城里低洼处统统告急，城南的菜市场都被淹了，等河水退去，滨河路上全是淤泥。与此同时，我们隧道的施工暂时停工，原因是标段有山体滑坡隐患。我每天都要到一线巡查安全工作，下了班还要回办公室整理工作文件。有一点做得不好，就要被经理批评。我给程雨菲抱怨，程雨菲却说，我比你惨多了，我没有一双鞋是干的，阳台晾的衣服也发臭了。俨然一副幸灾乐祸的模样。

再一次见到她在两周之后。这次一见面，程雨菲就说要补上欠我的那顿饭，除了感谢外，还是一个短暂的告别。学校放假了，她要回成都。当天傍晚我们去滨河路一家大排档吃万州烤鱼，程雨菲喝了很多啤酒，最后我们还目睹了一起跳水事件。

我们到滨河路时，大排档的灯牌已经亮得吱吱地响。巴中滨河路靠近南门廊桥附近，大排档一家挨着一家，生意极好。光照在河里，五颜六色，像金鱼游在水族箱里。从餐馆出来，我提议去酒吧坐坐。在长沙待了几年，我染上了嚼食槟榔的习惯，对辛辣食物尤其敏感。一点辣的，我就要龇牙咧嘴半天。因为是周末，酒吧人还挺多。我们找了个位置坐下，叫服务员拿个单子过来。单子上面除了酒，还有茶可以点，比如苦荞、金银花、清茶。我心想这老板会做生意，醉酒、醒酒一条龙服务。程雨菲问我，你要唱歌吗？这儿可以点歌。我说，这是酒吧还是KTV啊。她说，这是清吧。赶紧的，点不点。我们的歌排在第八首，等了一圈，我刚拿上麦，外面突然传来一阵喧闹声，酒吧里的人都往外散。程雨菲说，不会吧，还没唱就吓跑这么多人。我说，会不会是地震了？

我们出去才知道，是一男子骑车坠河了。不一会儿，救护车和消防车就来到了现场，一闪一闪，发出刺眼的光。这时节正是丰水期，河面较宽，水流湍急。救援人员在附近的码头上找来了一艘渔船，划到落水点，身上系着绳子，一个一个跃入水中，又时不时地上来透一下气。这时不知从哪儿传来的哭声，隐隐约约，在空气中形成一个漩涡，把晚上散步的人都吸引过来了。围观的人越来越多，住在岸边房屋里的人，也时不时地从窗里探出脑袋，观察救援的最新进展。旁边有人说，这条河每年都会死几个人，有夫妻吵架，有小孩子玩水的，以及青年人一时想不开的。也有人说，多半没救了，车子飞了那么远，没淹死也得摔死。程雨菲叹息道，年纪轻轻的，慢点开不好吗！

当天晚上我没有回项目部，而是和程雨菲回到了她出租的屋子。名义上是程雨菲喝多了，我得送一送。到家时，隔壁的情侣正放着音乐，动静很大，音乐声中又夹杂着说话的声音，抑扬顿挫的，像是客家话。程雨菲先去洗澡，浴霸的光透过玻璃门，里面的人影隐隐约约。我试图冷静下来，于是打开她的电脑，点开了最近在追的一档美国真人秀。

南方蝶道

温哥华岛的北部,森林密布,岛内沟谷纵横,一切都是未经驯化的原始自然。十四个选手将在此暂别文明世界,荒野求生。他们被分成七组,其中有夫妻、兄弟、父子。节目组不提供任何补给,坚持到最后的两名选手,将获得五十万美元奖金。节目一开始,直升机将每个组合投放于不同地点,只给一个指南针,让其中一人穿越森林、湖泊去寻找另一个人。待两人汇合后,挑战才真正开始。

刚看一半,程雨菲就搓着头发走出来,洗发水的味道有一股草莓的香气,我的心莫名紧张起来。你不去洗洗?她一边吹头发,一边回头看看我。卫生间里香气浓郁,有股热气直冲脑门,我三下五除二地洗完后,程雨菲已经躺在床上,正目不转睛地盯着电脑。我小心翼翼地坐到床上,接着躺下,又慢慢地拉起被子盖上。怕她不满,我也不敢有下一步的动作,只好继续盯着电视。

半天过去,剧情越发精彩。夫妻档中的妻子刚落地就发现周围有狼群,其中一只灰狼就在不远处的森林里张望,像是为侵袭提前踩点,而丈夫还远在二十公里外,正穿越一片原始森林寻找她,危险的信号正笼罩在挑战者的心里。

我见程雨菲没有赶我走,开始用手往她那儿蹭。每当我刚触碰上,她就条件反射把我的手拿开,仿佛我的手是烙铁,能烫坏她似的。我见状,心中的柴火毕剥炸开。慢慢靠近，能感觉到她呼吸急促，身体发热。可以吗，我直勾勾地盯着她。她瞬时皱了一下眉头，又闪过一丝害羞的笑容，好像答应了我。见状，我便骑到她的身上，开始肆无忌惮起来。你慢点呀。她被我的反应惊到了。我没管她，边做边轻抚她背后的文身，像摸着古老的图腾。程雨菲反应很大，但又不敢叫，见我没有收敛的意思，只好一直用手捂着自己的嘴，像一条咬钩的，正扑腾着的鲤鱼。

  房间安静，节目里参赛选手砍树的声音"砰砰"作响。做完之后，程雨菲给自己点上烟，轻吸一口，熟练地吐出烟圈。我问，你回了成都，几时回来？她说，说实话，一想到要回成都就心烦。我说，成都多好，我同学都在那。她说，如果以后回到成都，多半会很快结婚、生子，再无更多可能性。我说，你待在这里未必还等着马云给你颁奖啊。她说，之前在隧道，我们在山里挖隧道找路。出来教书了，又要给学生指路。到现在，面前摆着好几条路，但我压根不想动，宁愿被困着。我说，总要朝前看。她说，我们总是在强调往前，再往前，前方到底是什么？我不知怎么回答，脑海里出现涂永。之前的晚上，程雨菲总缠着我讲故事，通常我还没讲完，电话那一头的她便睡着了。我决定今晚讲一个不一样的故事。于是说，之前你总提涂永，今天我便好好给你讲一下。不过在此之前，我要先讲一个引子。程雨菲深吸一口烟，仿佛等待了许久这个时刻。

这个故事发生在很久以前，父亲在酒醉时曾给我讲过。后来我问他一些细节，他却不再提。一九八一年四月，谷雨刚过不久，我爷爷与涂茂庭在千佛寺中不期而遇。两人一见如故，越聊越投机。临别之际，涂茂庭向我爷爷泄露了一个天机。涂茂庭说，我有一本神书名叫《五公经》，按书上记载，一九八一年七月十五会发生天灾。看我爷爷不信，涂茂庭又指着千佛寺外桐籽树道，你看，桐花只在二月开，现在四月复开，等于本末倒置，世界将迎来灾难。现在我要成立"五公教"，建立新朝代。我爷爷没读过什么书，涂茂庭三言两语，他就深信不疑，后又专门拜访涂茂庭，二人结为兄弟，四处宣扬，拉拢信徒。看见组织日渐庞大，他们决定进县城筹划大计。二人徒步至县城，看到县城川戏团的瓦楼修得十分气派，商议未来将这里作为皇宫。于是，涂茂庭决定在七月一日这天登基称帝，他论功行赏，封授诸臣。一人得道鸡犬升天，所有的人都领到了一封叫得响的委任状。如：山阳国公、蜀王、巡抚、总督、司令等，封给了一大波人。官位许完了，他见不过瘾，又给台湾的蒋介石写了一道谕旨，让蒋介石好自为之，早日投降。他不知道的是，蒋介石当时已死去七年。看七月十五越来越近，相信涂茂庭的人越来越多。为扩充地盘，涂茂庭决定"御驾亲征"，想打下川剧院为皇宫，但还没走到县城，派出所的人就来了。

程雨菲被这个故事吸引,于是问道,后来呢?我说,后来涂茂庭在狱中消失了,有人说他变成蝴蝶飞走了。而我爷爷却没那个神通,最终被枪毙。程雨菲说,你这编得像模像样的。我说,菲老师,那你给我打多少分。她说,打你两耳光。接着又说,你说到蝴蝶,倒使我想起了我最近做的一个梦。我说,我爷爷给你托梦了?她转过身来,二话不说,使劲挠我,我笑得喘不过气,只好说,菲老师,你继续,我不插嘴了。她半靠起来,又点燃一根烟,开始回忆,我最近总是梦见一大片的蝴蝶。在梦里,它们有时单独一两只出现,也不靠近。有时却漫山遍野都是,在山沟里,在树梢间,在云朵下,在巷子里,在我身后,窥探着我。我不去看它们,它们就飞过来将我淹没,又故意让我发现。我最近一做这个梦,就想起涂永。

二〇一〇年,七月十六日晚上八点左右,警方在成都新都区二台子一处夜宵摊发现涂永踪迹。在警察的围捕下,涂永骑着摩托往三河场方向逃。由于天黑路滑,骑车坠河而亡。

自从涂永进了红鼻子的圈子,我们便很少见到。那时他已不在学校,而我爸也专门从外地回来,就在家开货车,我很难再有机会出去玩,每天两点一线。这个时间段,我在学校里听说了很多涂永的事。其中一件是,涂永在深夜截下一辆出租车后，当晚就被警察抓去，鉴于未成年，批评教育后，花了一万块钱，第二天就出来了。另一个说法是，他根本就没打劫，他是受红鼻子委派，当晚运一把关公大砍刀到城北，司机吓到了，直接把车开进了派出所。也有人说他已经开始在卖白粉，就藏在衣服夹层里，经常在职高门口转悠。种种迹象表明，涂永走上了一条我曾经很好奇的路。至于是好是坏，我们都讲不清楚。在此期间，我喜欢上了一个女生，她叫雷芳晓，就住在我家附近。我有辆踏板车，每天早上她都会在家楼下等我，我会捎她到学校。她比我大一级，是我在滑冰场认识的。由于之前抛下不少功课，那个学期快结束时，我不出意料地被老师叫到办公室，老师坐在椅子上，边喝茶边语重心长地说，文化课，你再学一百年也没戏，做艺术生还有点希望。于是我报了他表弟的美术班，每晚不上晚自习，可以专心去画画。雷芳晓也在。学美术，老师管得不严，我又开始和涂永联系紧密了起来，顺带着把雷芳晓也带进了这个圈子。

那个暑假，涂永迎来了他的十七岁生日。地点选在县城最豪华的KTV，金碧辉煌。在我那个年纪，这个名字意味着成熟，它可以将我和我身边那些同学划清界限。我一早就通知涂永我要带上雷芳晓，还计划当晚蹭一下涂永的喜气，表个白。涂永说，哥老倌，你学了美术之后，人也变得浪漫了。下次是不是准备要画裸体画了。涂永的包间里人挤人，当晚我带着雷芳晓进去，位置都找不到。涂永见我来了，告诉我，红鼻子那些朋友都来了，兄弟理解一下，于是给我安排了一个小包间让我先进去坐着。包间很小，我和雷芳晓坐下后，发现旁边的人一个都不认识。那天晚上，涂永再也没踏进来过。我有些郁闷，就多喝了几瓶，雷芳晓也劝不住。酒过半晌，我去上厕所，在门口不小心撞了个光头。喝酒之后，脚步虚浮，这一撞还不轻。被撞的那人浑身酒气，原本我是看光头过来，准备让路，走另一边，没想到他和我不谋而合，于是两个人撞到了一起。我本来就不开心，被这一撞，更是心里恼火。于是有动手打人的冲动。光头看我凶横起来了，只咧嘴笑了笑，动作麻利地从衣服里掏出一把弹簧刀，按钮一按，当的一声，刀面的白光让我瞬间清醒。我一时有点慌神，连忙打圆场。光头见我气势弱下去，开始不依不饶起来。我害怕他手里的刀，只好连忙道歉，对不起，酒喝多了，眼有点花，有点上头。说完立马套近乎，涂永你认识不，我兄弟。然而那人不依不饶，把我劈头盖脸地一顿骂，还反复问我，跟谁混的？我们两人的争端吸引了其他人的注意，围的人越来越多，我被逼到墙角，只好一手护着自己，一手去拦他手中的刀。这时雷芳晓从包间出来，目睹了这一幕，吓得脸色煞白。我脸上挂不住，于是硬着头皮，开始骂起了光头。光头愣住了，没想到我会反击，握刀的手一时不知道怎么放。我心想,他顶多是吓唬我。然而周围的人却不这样,开始嘲笑光头,你手里有刀怕锤子。光头架不住,拿着刀就捅,这架势,我连忙几个躲闪,跳出人群,光头拿刀追着我满KTV跑。动静终于惊到了涂永所在的那个包间,他见有人追我,掏出刀就砍向光头。

这事闹得很大,光头是KTV老板许云的小弟,红鼻子出来劝和也没用。后来涂永和许云进了房间聊了很久,具体是什么内容我不清楚,只说要赔一大笔钱。两人出来后,我专门给涂永道歉。他却说,今天招待不周。那天我们几个人喝酒到很晚,连雷芳晓也喝得不省人事,第二天她才醒来。再到后面,就是你知道的事了。

听我讲完,程雨菲说,无法理解你们当时的状态。我说,那时人静不下来,好像一直发着烧。程雨菲说,现在退烧了,你想念涂永吗?我说,我一直觉得很对不起他。然后看着她,意思不言而喻。程雨菲半晌没说话,像是在沉思,最后才说,一直怕你介意,但话讲到这了,我就要说清楚。我后天要回成都,明天我们去看涂永,等我从成都回来,我们再也不提他了好吗?说完,就侧过身去。我没说话,只是闭上眼睛,恍惚间听见几声零星的犬吠,从远到近,不一会儿就睡着了。梦里,我看见雷芳晓躺在包厢的沙发上,我怎么摇也摇不醒。场景转换,雷芳晓背着书包走在街对面的人行道上,她正是十七岁的样子,我想跟上去给她打个招呼,却始终看不到她的脸。我走多快,她走多快,这时,突然涂永从一旁走过来,问我,哥老倌,你在这呢。涂永脸上全是鲜血,笑容很诡异。我醒来一身冷汗,仔细回想着梦里的内容,而程雨菲在一旁轻轻打鼾,此刻或许正梦到了远方的惊雷,身体会没有规律地颤抖一下。我再也睡不着,来到阳台上抽烟,直到夜雾中的光环蜂拥而至。

我们要去壁城,本应从巴中汽车站坐车,客运车很多,上下午各两趟,坐满就走,不愁没车。但程雨菲提议骑车去壁城,于是第二天一早我便向经理请了假。我们行驶在国道上,国道临河,沿着山脚延伸。路两边杂草疯狂生长,时刻向国道侵袭。河面很宽,零零散散的云团罩在上面。运砂船从远处开来,突突突的声音让两岸顿时燠热起来,映出一道匆匆移动的暗影。我骑得很快,程雨菲紧紧贴在我的后背上。途经一个热闹的小镇,这是必经之路,再往前出发就得坐船了。我下车买了包烟,把车停好后,又和程雨菲在镇里的巷子逛了逛。这里的建筑是典型的川东民居,穿斗结构,小青瓦屋面。过了街道,我们买了两串鞭炮和一刀烧纸,下去一段石梯,就到了河边。河风很大,一只船正慢悠悠地往岸边驶来,所经之处,卷起无数河底的泡泡。不多时,就稳稳停在了岸边。船夫是一个黝黑的中年大叔，河风吹得多了，脸有些浮肿。船不大，上面用白色油漆写着可载十人。我们上船后，船夫把船调了个头，开向对岸。河水深绿，映在水面的房屋越来越远。

一上船，天就阴了，河面飘来一阵雾，水汽溅到脸上，痒丝丝的。我担心下雨，不时翻看手机。天气预报说从明天开始，巴中未来一周都有强降雨。听老一辈人说，三峡修好后，大巴山地区的雨比以往更多了。这些年因为汶川地震的缘故，山体破碎，每年夏天都会有泥石流。涂永老家年久失修的危桥就是在几年前被冲垮了，从此来镇上都坐渡船来回。程雨菲坐在船尾，目不转睛地盯着河水看，还用手去拨弄翻滚的水花。二十分钟后，船停了。我凭着记忆，小心翼翼带程雨菲走山路。山谷闭塞，阳光照不完全，走在阴处，像在夜里行路。涂永出事之后，就葬在了壁城老家。我们几个同学偷偷去看过一次，当时刚到村口就被拦住了。村里的人让我们别去他家，他妈妈已经哭晕了几次，如果看到自己儿子的同学，难免会情绪激动。我们就在村里人的指引下，径直去了他的坟前。村里人说，他埋葬的地方曾是一处蝴蝶迁徙的地方，最近一次为一九八一年夏天，连报纸都刊登过当地蝴蝶迁飞的情况。我后来回家还上网查到了当时的照片，漫天飞雪般的蝴蝶铺天盖地，像一条白绫在空中飘着。

我和程雨菲一前一后，互不交流，眼里不断转换着山中的风景。翻过一座山,再往下走,过一片农田就是。我来过一次,再次前来,便有种说不出的熟悉。涂永当年出事后,我便去了长沙。几年下来,我时常想起这片芜杂的旷野。今天来这里,仿佛正是受他呼喊。拨开杂草,我们走到了涂永的坟前。周遭阒静无声,只有风沙沙吹过的声音。涂永的墓碑用石头垒起,没有刻字,墓前一只铝盆,里面残留着烧纸的灰烬和雨水。夏天生命力旺盛,它已经完全被杂草覆盖。我用脚把周围的野草踩死,又把坟身上较长的草拔掉,然后把买的鞭炮拆开,两串连在一起,绕着他的栖息之地一圈。我叫程雨菲走远再点燃,火线唰地一下燃起,噼里啪啦,声声入耳,火花四溅,烟雾形成一个圈,很快就消失。

我点了两根烟插在他墓碑的空隙处,风吹过,烟越来越短。程雨菲一直没说话,默默地看着我做完所有流程。见我点完烟,程雨菲叫我走开一些,她要和涂永说一会儿悄悄话。我说,还这么见外?程雨菲态度很坚决,我只好到不远处的青石上坐着。程雨菲背对着我,一会儿笑,一会儿静默,有时还回头看看我,好像我在偷听一样。直到烧纸燃尽才招手让我过去。我见程雨菲眼睛红红的,于是问她,你到底说了些什么。程雨菲说,以后再告诉你,现在保密,轮到你了。接着就走远了。我看了眼涂永的坟,想说的话却不知怎么讲出口。

南方蝶道

回去的路上，天气从一开始的阴晦转为明朗，丝毫没有落雨的意思。我赶时间，今晚还要回到项目部，明早有晨会，于是加快速度往巴中开。程雨菲紧紧靠在我的后背上，但这次老实多了，不再动来动去，头始终侧向一边，像在回味什么。

我们到巴中时，天已经完全黑了，我把程雨菲送到家门口就往项目部走。她叫住我，今晚就在这？我想起程雨菲在涂永坟前的红眼眶，于是说道，不了，估计待会儿要下雨，我得赶回去，明天我早点起来送你。果然，刚到项目部就下起了大雨。雨声落在房顶，像人用拳头在砸门。今天是项目部聚餐的日子，一个人也不在。我坐在椅子上，感觉卸下一身重担。过了一会儿，经理打来电话，问我回来了没，回来了就赶紧到老地方吃饭。我说，刚回项目部，就不去了，你们给我打包带点。经理说，那好，你要是没事，去隧道里转转。

我只好套上雨衣，穿好高筒水鞋，心不在焉地走出项目部。外面漆黑如墨，间或有夜鸦啼叫，引来群山回响。在含混而多变的声音里，山和山的界线已经模糊，像长在了一起。雨势不减，在车灯的照射下，一道雨幕整齐落下，眼前的道路被切割成无数条，我进入其中，谨慎地往前驶去。到隧道时，混凝土罐车刚驶过，见扬起的灰尘还没落下，我戴好厚厚的口罩，又憋了一大口气，才往深处走去。

听说上次打到的地下水里含有一些腐蚀性的杂质,把工人的皮肤都泡溃烂了。这一批人是另外换的,现在他们已经完成了架模,在往里面灌混凝土。于是我蹲在一旁,时不时抬头看看,或是指挥一下交通。我不敢太大声,只能有意无意地彰显着自己的存在。可能是电线有些短路,两旁的灯光一明一暗的。突然,哗啦啦的声响从掌子面传来。

我看见工人们以一个夸张的姿势,从架子上跃下,掉落到地面,无声无息。我想叫住他们,嗓子却发不出声。不一会儿,鼻尖便传来一股浓浓的土腥味。我不知所措,只能左右张望,等待回应,像立于孤岛。这时,我身后传来呼喊,是有人在叫我躲过去。我循着声音,一个箭步往前冲,那边却坚如磐石,撞得我头晕眼花。刹那间,一些光斑在眼前闪烁,它们御风而动,凌空畅游,绕着我旋转。我一时失神,陷入回忆中。隐约间我好像听到了程雨菲在说话,那是在坟前讲给涂永的。程雨菲说,我不该的,不该让你为了我……我突然想起雷芳晓也对我说过类似的话。那天许云趁我们都喝醉了,侵犯了她。第二天我知道后,雷芳晓哭着求我就这样算了。三天之后,我弄清许云住址。见他把车停好,就悄悄跟在他身后。他走得很慢,边走边讲电话,说话声音很大。过去与现在瞬间向我袭来,越细想,头越痛,脑海中只一片糨糊。

恍然间,眼前出现一处出口,阳光照射进来,浑身暖洋洋的。我摇摇晃晃地走出去,来到一片山谷中,刚一出来,蝴蝶就从林间各处喷涌而出向我袭来。它们上下翻飞,轻盈灵动,围绕在我的四周。我摇动手臂,想驱赶它们,却被它们死死按住。我想跑,它们就绊我的脚。我跳起来,反而被它们托了起来。几个来回,我已无路可去。这时周围开始传来雨声,伴随着风的呼啸。尤其是偶尔响起的雷鸣,让我的全身经脉都跟着颤抖。我不再反抗,开始迎合它们。触角湿湿的,吸附在我的皮肤上,翅膀滑过脸庞,轻柔又舒服,仿佛和它们灵魂交换了一般。我已经习惯黑暗,就干脆闭上眼睛,耐心听着雨滴从云中坠落。我知道,无论我身处何方,总有一条路在等我迈过去。

埃贡的情人

成昊勋

为了躲避寒冷，她不得不让自己放弃回想三年前的事情。

起初她无数次平躺在地上，竭力忘记自己正在活着这一事实，她想象洪水从小脚趾处开始上涨，先后夺走她小腿、腹部的知觉，将她像块浮木一般托起，穿过一片红色土地后汇进河水，和泥沙一起卷到几十米下的淤泥中去。后来她厌倦了这样做，沉迷于抬起双腿搁在窗台上，将一个烟灰缸搁在小腹，想象一只男人的手将烟灰掸落，无心烫在她的皮肤上。直到再后来的某一天她打开窗，沾上满手的铁锈，她住在一个照不到太阳的地方，天上的雨掉下来，点化在她的头上，她想到前三十年从未出现过的词，例如地狱和深渊，例如惩罚，这种恍然大悟来得突然，她觉得就像字典翻到了那一页，上帝的手指出了它们。她花了三年，终于意识到一切都是徒劳无功的。

于是她决定结婚了。在她三十三岁生日还差一个半小时的时候，她对她交往的最后一个男人说："我同意和你一起生活了。"男人三十五岁，从没结过婚，他看向她时啤酒沫还留在嘴上，像一圈白胡子。他点头说："好，我一定对你好。"下一秒他打了一个嗝。她从桌子前站起来，男人起身从背后环抱住她，他比她高出太多，手脚相比常人要长。她想到棕榈树上的褐色须毛，从中一闪而过的猿

埃贡的情人　83

猴的手臂，赤红的面孔和手指，交配的预感从背后传来，她觉得毛骨悚然。男人把她抵到桌角，让她脱掉鞋，光脚踩在他的脚背上，她看到他按着她的那只手粗糙但光洁，手指粗短，她数了数，指间共有四个隆起的茧，这是他平时干苦力的象征。她想，那只手除了握紧乳房与货物，什么也不会干。进入的过程粗野艰涩，她扬手打碎了一个杯子，随后她倒伏桌上，闭上眼睛没有发出任何声响。她像在做一场连接未来的梦，梦里她成了一棵树，一种力量摇撼着她，或许是一只猴，她的生命里有什么东西像树叶一样被摇落了。她将自己的眼睛印在手臂上，潮湿的风从天的另一头吹过来，梦里她的树上有疤，像只眼睛永远注视着她，那条疤和另一个男人手上的一样。从没有人知道。

这场单方面狂欢的最后，男人把她端去了床上。她将手指插入发间，她的脸很小，双手交叉盖住了一半，她将膝盖也向上贴近，蜷成她出生前的姿势。她出生前手掌向外，企图遮挡一切，这一情景是她母亲出走前告诉她的，她说，你出生时就是这样不情愿。如今想来，她想，我一定是从出生前就抗拒这一切。男人抱着她，将一条腿搁在她身上，随后沿着皮肤滑向两腿之间，他松懈后的身体松弛，肌肉能像拼图一样被推动，浑身散发着有粗粝感的油脂味道，她从没有在他睡着后摸过他，甚至有一次，她梦见他在激烈做爱的第二天早上死了，嘴唇微张，不再转动的眼睛依然滚圆，像个珠子。男人那晚说的话相比其他时候都要多，她甚至觉得，他的下半辈子都不会说这么多的话了。他说："好了，现在你是我的未婚妻了，你该叫我什么？"她闭着眼睛，将她一分钟内的呼吸克制到最小，窗帘拉得只剩一条缝，月光下她的脸很白，嘴唇紧闭，那一瞬间她真的以为自己已经死了。男人从背后推搡了她两下，像蚯蚓松土，过了几秒张着嘴睡着了，鼾声很大。她的预感是对的，第二天她觉得未婚夫看上去有五十岁了，一夜之间，他又拾回他的雀斑皱纹、牙齿上的烟垢，变回了喜欢把坚果壳和花生衣直接洒在地上的中年男人。

她想，是时候了，她已经准备好离开这个她待了十年的地方，跟着她的未婚夫回到他的家乡去。他们同居的房子在红棘崖的山顶上，一座六角形大楼的五层，每天如同白蚁一般爬上爬下，出门需要经过一条长长的甬道，很多时候她迈开步子，就像被什么推着走，藤蔓在墙上纠缠出菱形花纹，长尖刺的果子掉进过她的衣服里，有那么一回，沿着她脊椎骨生长的痕迹往下滚，在她背上划了一道口。她开始祈祷厄运，计算山体动摇的可能，在一切狂风大作的天气出门，她相信这个地方曾有过的魔鬼坡的传说，即犯了错的人在日夜交接的时间走下山坡，在寄生植物生长的季节里，意外的力量会将人推向死亡，黑夜中魔鬼的手将拧断她的颈椎。她将这个地方所有的山坡都走过了四十四遍，什么也没能发生。她去算过命，有人对她说，你的脸上浮现出与死亡擦肩而过的痕迹，目前并不会轮到你，但你明显被另一种阴云侵蚀更深，你去问问上帝吧。当她站在神父面前时，她却一句话也说不出来。她从不是信徒，明显不是。他将手掌覆盖在她的头顶上，他说，你的头发就像水鸟一样冰冷，孩子，去向主诉说吧，你须得告解，才能恢复超性的生命。她一字一顿重复、诉说、拆解成四个破灭的音节，她想起过去自己是个比任何人都爱诉说的人。她是个天生的故事家，还曾拥有一个世界上最天才的听众，碍于某些不可言说的原因，她永远将那个男人称为埃贡。

所以在她向未婚夫说起故事的时候，对方毫不惊讶，这天正是她坐上他从朋友那租来的车，带着行李从这片充满雨水的红色土地离开的日子。他允许女人有一点不同常人的小毛病，例如她不爱说话，却热爱讲一些匪夷所思的故事。这个女人对他来说太好，太漂亮，甚至有一些不适配的包容，他拿和这个地方的普通人一样的薪水，样貌如同一根萎黄的植物，布满绒毛，两颗门牙一前一后，能从牙缝里看见黑洞。他的身体曲线毫无美感，在不合适的地方突出古怪。他只有一个踢足球的爱好，常年的奔跑让他的小腿更显粗壮。她从未完整地看过他一眼。她自认对美有一些品味，过去那个被她称之为埃贡的男人教过她鉴赏人类的身体线条，明白黄金的比例，丝线般流动的线条，不仅仅来源于伯里曼的教科书，更来源于他的身体。她想起他的下颌，他在冬天微冷的鼻子，她的寒冷因此又回来了。

"你老实说，这一次的故事你讲过多少遍了。"未婚夫说。

"这次的没有说过，是全新的。"她说。

男人把钥匙插进孔中，汽车发动了，她回头看了一眼住过的红棘崖，几十米的高度，此刻如同高山一样巍峨。她拿下脖子上的项链，挂在车子里，项链是个十字架的形状，这个地方很少见太阳，她觉得银色蒙尘，变成一件钝器了。她说了谎。三年来她将故事锤炼了一百零八遍，正向或曲折的，就像给人换衣服，组合多但也偶尔有重复的时候，她对谁都讲，起初是她的朋友，后来是能说得上话的偶遇对象，随后甚至是孩子、老人或乞丐，每一任情人。她的朋友最后对她说："我受够了，你不要再提这个人了。"还有几次，聚会是她不容错过的机会，她向众人解读埃贡的某幅画作，她谈及男人的灵感迸发前，如同火药一般在地脉潜行的痕迹，没人关心她说的人是不是那个大名鼎鼎的埃贡·席勒。她对未婚夫讲过近百个故事、梦、生活片段，听起来可以飞行的瞬间，他从未怀疑过，因为怀疑本身对他没有任何好处。

他今天穿了一件印皇马标志的上衣，她记得他上一次穿，还是他们第一次外出旅游的时候，当时街边的广角镜把他扭成一个穿高跷的胖子，她离开他，想站到路边照不到她的树荫下去，热风正烈，一群饱满发亮的小虫在地面上弹跳。这是她买给他的唯一一件衣服，他的肩很宽，衣服的肩线撑得错位。她甚至连他的尺码也不知道。他总在这种有些特殊意义的日子穿上它，以为这足够彰显了他对她忠贞不贰。她见到衣服的时候有种赤身裸体的耻辱感，她想，我就是这样在扮演一个人的爱人。她祈求他在余生里都不要再穿它。他把收音机打开，里面交通广播正在播报一则追尾事故，导致他们出城的路线拥堵。未婚夫说："怎么就没有其他路了。"她早知道他喜欢抱怨，风吹草动都会惊扰到他，她想象一根稻草搔挠着驴的鼻孔，蹄子把红色土地刨出一个浅坑，他呼出一口气，开始对着后视镜照镜子，他的头发在光线下荒草丛生。

"你要这么想，三年前这里还没建大桥的时候，连出去的路都没有，"她说，"从前走盘山公路，要开上六个小时。"

"你高兴了，"他说，"你有充分时间讲故事了。"很多时候他会无心说出一些洞察她内心的话，即便他从不懂她。她转头看了他一眼，他的眉头风平浪静，甚至像刚开完一个极具幽默感的玩笑。她想起曾经在这条路坐车时的暴雨，这条路的一侧是座半青半红的山丘，有时候可以听到鸟雀的声音，一声长两声短，就像密码，她见过那种鸟，知道它极亮丽的配色，埃贡曾带她来过这，它求偶时胸口鼓出一个蓝色气球，他说过他爱用那充满危险感而悲哀的颜色。但下暴雨的那天她没有听到，那时候寂静无人，浓重的云悬在她的头顶上，除了雨声什么也没有。她讲故事有个与众不同的特点，她感受到语言的召唤，一百把利剑抵着她，有时候她一句话也说不出来，有时候能滔滔不绝。但她的故事良莠不齐。有一次，她讲一个女人为了惩罚自己，企图几天不喝水让自己渴死，最后快渴死时家里正巧停水，于是女人只能冲进雨里，接受上天的灌溉。未婚夫说，这不能更糟了，你的故事有时候蠢到让人听不下去。于是她不得不天马行空，讲结冰或着火的，飞禽或走兽，人反而对没有意义的故事更为宽容，因为它们一点负担都没有。

"的确，现在正是说这个的时候，"她明白这个故事只有在这里才有意义，"这是我一个朋友的故事。"

"我以为你没有朋友，"未婚夫说，"我觉得你很像我一个同学，上学的时候别人都叫她苦瓜脸，她就一个朋友都没有。我没有别的意思，我只是这么想起来了。"他说完自顾自笑了起来，他的笑声很有特色，像从鼻子里发出快报废的发动机的声音。他是那种在十年前她不会看他任何一眼的人，现在也是。车子堵在路上，他又习惯性开始抖腿了。

"我的那个朋友，出生在一个很寒冷的地方，"她说，"五岁还是六岁的时候，记不得她怎么和我说的了，总之那时候她还在换牙，她的母亲有了一个别的男人，她留下一张字条说，'和你的婚姻太过疲倦，我要去一个温暖的地方了'，于是她卷走了家里所有存款、首饰，什么都没留下，就跟着情人去了南方。她的父亲是个鼻梁很高、眼睛细长的男人，看到消息的瞬间与多年后，都再也没任何表情。他一无所有，除了这个女儿，所以他把她像兔子一样关了起来，在看到她露出和她母亲一样的眼神的时候，他打了她，用一张比铁更硬更冷的手掌。她长大后决定要找和父亲相反的男人。她长相不错，随她的母亲，身材随她的父亲，高挑纤细，很多人追求她，学生、拳击手、街头流氓和军官，她不拒绝任何人，也从不爱任何人，最后那个军官发现她冷若冰霜，同时私会了很多男人时，他说，你是个婊子。她觉得他说出了他父亲曾想说的话，军官看着她的眼睛，眼角血红，在她的脸上抽了一巴掌。她突然觉得释然，她看着自己的眼睛和眉毛，果然和自己的母亲很像，母亲笑起来眼睛弯弯，像只狐狸。一个风和日丽的早上，她把自己的眉毛剃光了。"

"我觉得我不会爱这种不安分的女人。"未婚夫说。但她知道，那并不完全是真话，她记得他们一起走在铺满落叶的大街上，丰腴的女人与他们擦肩而过时他的眼神，那种场合下他会将眼睛眯得很小，假装什么都没看见。他也曾用这种眼神俯视过她，在床上的时候，她不能对视这种迷离的眼神，欲望并不会灼伤她，也丝毫点燃不了她，她只觉得像一种居高临下的刑罚。她曾在他希望她卖弄风骚时装聋作哑，后来他第一次暴怒，对她说，你以为你还年轻，在我面前装贞洁的圣女，你已经三十多了。那些时刻她会想起埃贡，想起他粗糙的手掌抚摸在她的背上，她又觉得自己还应当承受更多折磨。

"我并没有问你的意见，况且她也不会爱你，"她说，"总之，她本来以为她的日子永远这么下去了。剃光眉毛的时候她二十三岁，过着无所事事的日子，在最大的黑色湖泊的冰面上滑冰，每天让自己转圈转到头昏眼花，直到某一天她滑冰时撞倒一个发呆的男人。相当奇怪，对吧。怎么会有人就站在中间，双手抱臂，一动不动。她后来问他，他说，当时正在通过观察冰刀刮起冰花的纹路想象北极，旋转的弧让他想到迷宫、麦田怪圈、圆周率和死亡。她伸出手把他扶起来，更奇怪的一点是，她在那一瞬间根本没对任何事感到疑惑，他有没有摔伤，从哪里来，在这里做什么，她一件事也没想到。她只是触摸到那个男人的手。他的右手手背有一道明显的疤，白色的一个环，周围的皮肤都皱了起来。她在那时只想了一个问题,他的疤怎么来的。"

她看了一眼未婚夫的手,他的手摆在方向盘上,混乱无序地敲了十几下,他的手背光滑,上面什么都没有。广播里换成了一个女人在唱歌,显然他很喜欢这个歌手,有些摇头晃脑,他爱经典老歌,妩媚的女嗓。他的车夹在两辆大型车中间,显得像一个塑料玩具,这种廉价车经不起任何灾难,一个小型追尾就能让车头像烟头一样拧起来。他从不相信一见钟情,对爱情的所有定义都从电视剧里得来,她看得出来,他对故事里的邂逅毫无兴趣。他察觉到她在看他,说:"你们女人好像很爱这种桥段,我妈也是。所以呢,这个怪胎吸引了她?"

"她自己也不知道,"她说,"我想因为是她从没爱过什么人。当时她只觉得是人类的探险精神左右了她,以及她二十多年来都待在寒冷的地方。他的手没有戴手套,却温暖,充满活人的味道,她第一次见到来自另一个潮湿地带的男人。后来她和别人说起他,她说,他是那种第一眼看只觉得神秘,但越看越有味道的类型。他们当天就算认识了,两人一起走到附近一家名叫赫拉希华的餐馆去。男人为她点了很多不属于这个国度的东西,她品尝到菜里红豆蔻和刺山柑的味道。平时并不常见,我在这里从没见过。在饭桌上,他注视她的五官,他问她,为什么把眉毛剃了。

她摇头,觉得一言难尽。他说,我第一次见到没有眉毛还能这么美的女人,你现在的样子很像一张画像。她问他,难道是日本艺伎吗。他说,是未完成的画像。他是个画家,她后来才知道。他谈到他喜欢的画家,他最爱埃贡·席勒,他在盘子里用草绿色的油为她演示席勒柔软又疯狂的线条。他说,我一辈子没法变成他。她问起他的名字。他征求她的同意,很绅士地拉过她的手,在她的手心里写,他与埃贡的名字只差了一个字。她说,这也是缘分的一种不是吗,我有个朋友,还会因为她和普鲁斯特同一天生日而快乐,这是一个道理。他说,但还是不一样,我差得太远了。她说,但我可以叫你埃贡,如果你愿意的话。她对那个画家一无所知,也毫不关心他们相差多少。她只知道眼前这个人是全世界最新奇的。男人走之前,把自己的地址留给了她,他说自己这段时间在这里寻找灵感,所以暂住在一个简陋的地方,不嫌弃的话可以来坐坐。他的眼睛不像在说谎,他说,他只是想给她画一幅画。"

"多老套的理由,"未婚夫得意地笑,"但我见过很多女人上当,或者说她们就是乐意上当的,毕竟有姿色还是件很高兴的事。虚荣心,或是别的什么?我不知道。"

她没有看他,只是敲了敲自己那一侧的玻璃窗,示意他把车窗摇下来一点。他们的车混在车流中向前挪动,动一下停三秒。她以前无数次在这条路上行驶,那时候还没有建起大桥，她沿着一条盘旋的环形公路来到这个地方，十年没有离开过。她低下头，将右手的手背覆盖在嘴唇上，她的手背和嘴唇都不再柔软，变成风磨砺过的粗糙，她回想起埃贡的手指划在她手心的触感，一种痒从她的骨头深处爬到她的掌纹里。她不露痕迹地闻了闻自己的皮肤，早就没有他身上的气味了。在手背的同一位置，她曾强烈地啃咬过自己，留下一个与他手背相同的痕迹，但始终不能如愿，于是后来她长久地痛恨自己不能对自己更残忍一点。三年内她换过很多个情人，最先留意的都是他们的手，起初她总会握紧他们的手不愿放开，握到指甲在他们的手上留下月牙，但往后的更多时候，她从他们中的任何一个身边醒来，看到窗外开始下雨，雨水一滴一滴沾在他们浑浊的玻璃窗上，她起身悄无声息地洗一个澡，淋着水在角落缩得像只动物一样小。她注视着红色的地砖，看到来自地狱的纹理就盘旋在脚下，明白自己已经不会再失去更多，也同样不会拥有任何东西了。

"她第一次因为一个人辗转难眠。她感到一种来自南方的气息留在她身上，像有什么东西穿过身体，为了让你明白，"她勉为其难举了个毫无美感的例子，"就像人的体温留在蛇身上。她消化不了，拿冷水洗脸，尝试看书或歌唱，都始终没法平静下来，她的眉毛又缓慢地长出来了，就像动物在春天变得毛绒又柔软。她把头发放下来，由风来梳开。每个星期三，她都徒步穿过结冰的湖，又坐半个小时的车，到那个城市边境的一座小镇上去。他住在一个有蓝色雨篷的地方。那个人有种很奇怪又可爱的特质，他对动物有种强烈的吸引和驯服力。她走到他住所门口的时候，很多麻雀停在他的窗台上，直到他开门也是如此，没有受到任何惊吓。世界的一切在他面前都是安静的。他请她进去坐，把她的围巾从脖子上一圈圈解下来，她一动也动不了。他露出很不解的表情，他说，你怎么硬得像个石膏。他的家里摆着很多镜子，绿色的帷幔，粗糙的画布，还有一个全是洞的沙发。他在生活上几乎是一团乱，除了仪表整洁以外，他的客厅和卧室就像刚被轰炸过。她说，天啊，你这里就像废墟一样。他什么都没说，显然对这些毫不关心，他说，坐下吧，我说过要为你画幅画。你可能不相信，但他的确只是让她坐在他唯一的木制椅子上，由他来为她画像。快画完的时候他走近她，很近，他抚摸了一下她的脸，仅此而已。"

"他内心肯定想了很多其他事，"未婚夫说，"没有男人会仅此而已。我看他是个老手。"

她没有反驳他，她既然已经决定和他结婚，那一切都没那么有所谓了。他们已经行驶过几公里了，靠近河水的地方开始起雾，一种混有金属味的河水的气味自下而上地飘来，她看到潮水上涨又坠落，把泥沙和黑色的石块卷下去，以前被她抛弃的情人中的一个说过，她就是这样像洪水一样捉摸不定的女人。这种水声从上空传来，她想到埃贡的疤，感到自己内心有些无形的东西像痂一样剥落了。她将车窗又往下摇了一点，冷风吹在她的脸上，不可自抑地变成手的感觉。埃贡站在她面前，身上有一股松香的味道，他的头发乱糟糟的，让她很想伸手去摸一把，冬天的时候，雪在窗外陷落到灌木丛里。她始终没有动，即便她十分渴望他的呼吸，他走来的步伐，一切引起她会被缓慢地解开衣服的预感的东西。什么也没发生。她闭上眼，觉得眼前暗了，她知道他的眼神落在她身上。他用手划过她的下巴，研究她脸部的线条，最后抚摸她刚长出来的眉毛。她很确信她在这个男人什么都没有做的时候爱上了这个人。

"在他还在北方的时候，他们每周都会见面，有时候在家里，更多时候在外边，"她继续说，"冰河化冻的时候，他们划了一艘脚踏船，两人就坐在船上，有一次他们谁也不踩，她相信河水会把他们带向该去的地方。二月了天气还是很冷，河面上只有几个人，他戴上了眼镜，湖水金色的波光跳动在他们脸上，他的左手拿着画板，让她趴在船的扶手上。他用碳素笔把她画下来。他的起笔总是不同寻常，一开始没人看得出来在画什么，游动而卷曲的线就像是从纸里长出来的。她觉得他总是有很天才的地方，比如他有时候大胆、疯狂,那些情色的姿态在他手下变得很神圣,他喜欢听她讲她过去的故事,真的或胡编乱造的,那些人成为朦胧的影子出现在他的画里,她看到他画下灰色的云与河水,伫立在两岸遥远对望的人群,人影从他的树背后探头。他甚至有时会让她命题,他喜欢不幸的命题,觉得不幸的女人的注视美不胜收。所以她靠在船上,即将要睡着的时候,他吻了她。那个时候河水就像停止了流动,她知道她回不去了,太阳就在她眼前下了山。她觉得那个吻长达一个世纪。而一个世纪之后,她追随男人离开了这个地方。"

"他们在船上做了什么?"未婚夫问。

她说:"我说了,他们接了吻。"

"只是接吻吗?我从没见过这么傻的女人,"他说,"他们做了其他事吧。"他把一只手从手刹上移到她的左腿上。发动机让他的手同样有了一种颤动的感觉,她把头侧过去一点,看到雾的尽头出现了大桥,像一把红剪刀插在云里。她数着缓慢开上去的车,觉得它们渺小得就像树木上搬家的蚂蚁。他的手滑进她的大腿内侧,继续向上移动,她回想和埃贡在一起的时间内,他究竟有没有带有这种情绪抚摸过自己,他喜欢她的脚踝、背脊、膝盖,他将它们打开,变成赤裸,用一张淋湿的布盖住它们。他的眼睛圆得像月亮,她觉得他有时候在思考很多事,但又像什么都没去想。

她无数次梦到埃贡的身体贴在她赤裸的背上，他对她说，我待你如艺术。他用漂亮冰冷的手指研究她的骨骼，她觉得与他无比亲近，就像来自他的肋骨，一种引力几乎要让她沉浸在他的身体里。她赞同夏娃的传说，南方潮湿的水汽凝结在他的身上时，她感到一种熟悉而和谐的感觉，就像他们在成为人类之前就已经见过面，倒退回十年前的船上，她只因为一个吻就接受了所有灾难和惩罚。未婚夫的手将裙子挤出细密的褶皱，就像他的车一样，行驶到路的最前端没法再开了。风把埃贡生活过的土地的气息送到她脸上，她听到背后高高的山崖传来树叶摇动的声音，很多尖利的草倒伏又站立起来，有只鸟不再求偶，离开树消失不见。她的双腿干燥而冰冷，她感到轻松，自己果真已经没有任何欲望了。

"他们到了这里，就是我们现在住的地方，当天晚上他们做了其他的事，"她说，"但她不知道这是错误倒下的第一块牌。她住在他祖母留下的旧房子里，他们做爱的第二天，她感到这个地方的潮热侵蚀了她，她起了荨麻疹，像有无数的针刺在她身上，当晚她梦见一只手覆盖在她的额头上，对她说做弥撒时才会说的话，这种感觉陌生又古怪，像在水面上照镜子。你有没有过一种强烈的直觉，觉得梦里的某一瞬间是发生过或将发生的事情？后来梦里她见到这只手变成了埃贡的手，他的手完好无损，有一个女人咬在他的手背上,他疼得在地上打滚,很长一段时间不能再画画,地上全是破碎的静物和瓷器,一只假苹果从很远的地方滚过来,碰到她的脚上,她把它捡起来,不知道将它抛向谁,抛向任何陌生人中的哪一个。她从梦中惊醒,大口喘气,汗把被子都浸湿了,她想起男人始终没告诉她自己的伤口、过去,家住在哪,喜欢什么植物,用餐时先吃什么,迷信程度,以及对她的爱的程度。埃贡一周只来这里三次,她觉得对他一无所知。

"于是有一天,她跟在他的身后,走向他工作的地方。他一天给三个十岁的孩子当私人教师,这并不奇怪,他打扮体面,衣服熨得一处褶皱也没有,领子上散发着淡淡的马鞭草的气味,一切和他来到她房里时没有任何区别。但只有一件事不同。他从没在她面前戴过戒指。她早该料到,神秘的代价背后总有天大的秘密。她想象他给他的妻子打电话的神态,他会坐在沙发上,在壁炉边一边取暖一边给她打电话,电话里传来他的孩子刚刚睡醒的声音。他比她年长太多,大约有三十多岁了,她甚至知道他的孩子一定是个儿子,因为女儿会更受他的怜爱,他不会有更多的时间花在自己身上了。她想他会娶一个百依百顺的女人,她可以不够美,但丰腴,起码乳房滚圆,适合繁衍,他在一瞬间从高处坠落,变成了一个再平凡不过的普通男人。"

她闭上眼,想起晚上埃贡打开门,回到她的房子的时刻，准确来说，曾经是他的而现在属于她的房子。他进门的时候，很强烈的一阵风，就像剑从胸口穿过，她想起了极其久远的事情，她母亲还抱着她的时候，对她说，没有什么会过不了，不是吗。风从南方遥远的断壁残垣上吹过来。她第一次像对待她过去所有的男人一样对待他，她试图这样做。她将自己的衣服完全敞开，褪到肩膀以下，他的眼神一如既往地冷静而纯粹，没有丝毫改变。他用低沉的声音叫她的名字，他说，你对我来说不一样。他的手很大，她感到疤痕下茁壮的生命力正在涌现，他甚至将她的生命力也抽走了，她像一株流泪的植物，将水分与梦全部都流进了他的身体里。她的快感如约而至，她想起有一次他们在北方荒芜的草地平躺的时刻，那时候她支起上半身看着他，头发就像流苏垂到他的脸颊上，荒草挡不住任何东西，风声很大，从她的双腿间向上吹。她从不爱母亲，但她想，或许成为一个母亲也可以试一试。她愿意与他在一个温暖的草地里野合，热情滴落到地里，大地女神能为他孕育真正的埃贡·席勒。她回忆起这些瞬间，捉住他的手咬了一口，在他原本的疤痕的位置。她说，现在你亲手把我变成了不幸的女人，你满意了。他说，你不该把这些看得这么重，并不是我逼迫你的，不是吗。她没有说话。他说，你可以离开，但我需要你，给我讲讲故事好吗，我永远需要。

"她走了吗？"未婚夫问。

"没有，"她说，"她就这样在那里待了七年。"

未婚夫把手收了回去。"难以置信。"他说。除此之外他说不出其他的话，尴尬的时候他会从嗓子里发出咕噜咕噜咽口水的声音。她有时会散发出一种寒冷的气质，就像一个从北方来的女人。他没有问过她的家乡，多数时候女人的成长对他来说根本无关紧要，他是个只对她过去的男人耿耿于怀的人。他把广播换了个频道，开始放一首很老的公路音乐，他将自己那侧的窗也摇下来一点，点了一根烟，抽了几口后夹在右边的耳朵上。他向来觉得这个举动很时髦，平时她会冷淡地把它拿下来，但此刻她什么都没做。很长一段时间没有一个人说话。不合时宜的沉默是件可怕的事情。未婚夫问："但是为什么呢？她图他的房子。"

"你觉得女人和一个男人在一起就是图他的房子？"她说。

"多数如此。"他说，"或者他花言巧语。有的人很会说话，倒是可以迷倒很多女人。"他说起自己一个结过三次婚的朋友，谈到他如何从一个身无分文的骗子到跟着从纽约来的女销售员去往美国。他说他在那的周末，开着女人的银色汽车到没有人的海滩上去，或者去看延绵的山峰，以及杉树参天的秘密场所。她知道他的话题又要流向

埃贡的情人 101

做爱的事情上，果真如此。他暗示她，他的朋友们在树林的车子内有一些别开生面的幽会，在那期间他还提到了烟草和大麻，他并不承认自己神往这种刺激的感觉，因为多数时候他都以为自己在她面前维持了一个老实男人的良好形象。他们的车开始上坡，她看到大桥越来越近，红色的拱形就像缓缓靠近的镰刀。她想起她上一次走这条路，已经是三年前的事情，那时候她三十岁了，她收起一把黑色长柄伞，坐到一辆最不起眼的车里，那时候还没有这座桥，从右侧能看到崖下滚滚的河水，那天雨下得很大，她以为埃贡不会来了，但她已经不再像从前一样容易失望。七年把她磨得像镜子一样光滑。雨水从高高的山坡一侧流淌下来，有时候她捂住耳朵，遥远的金属声也会从脑袋里渗出来。她把眼睛闭上了。

"七年里她不是没想过离开。有一半的夜晚她躺在床上，都在模拟她从这里离开的事情。在想象里，她把行李收拾好，衣服叠得整整齐齐，把钥匙压在他门口的盆栽底下，揭开的时候说不定里面爬满了虫。她要买一张时间最久的火车票回去，横穿最贫瘠的地方和最冷的冰原，她觉得这种情境和漫长的时间足够她告别了。这不是她的第一个男人也不是最后一个。她才三十岁，人生还有很长，将来还会有孩子，和她不一样，和她的父母也不一样的平凡的孩子。但很荒唐的一点是，她在想完之后就没有任何力气了。每次她都像从漫长的梦里短暂地睁开一下眼，然后再闭上。第二天周而复始。她不再渴望每天见他，开始自己画画，很意外地画得不错。她找了个离他工作的地方很远的工作，她把她的长发绑起来，绑得很紧，只有在他来的晚上才会解开它。也有别的男人追求她，送她回到红棘崖的房子下，看着她上楼。她手上没有戒指，其实根本没必要恪守一些什么。但是她只是回头看了他一眼就上楼了，后来等她过了二十八岁，再也没别的男人进入这座外墙布满爬山虎的六角大楼。她买了花，种子还没发芽就烂在了泥土里。但埃贡从门口进来，把她抱起来的时候，她闻到他身上的气息，还是会喜悦得发抖。有的时候她连窗帘也不拉，因为她意识到他们什么也不是。没人在看，只有上帝。你知道吗，后来有一次有件更难以置信的事情。"

"什么？这路他妈的怎么还在堵。"未婚夫说，"我以为下午前能离开这，没想到太阳都要下山了，我妈妈和我姐姐都等着我们。"

"有一天她出门，遇到一个和自己很像的女人，自己简直就是她的翻版。但她很老了，脸上还化着妆但头发很多都白了。她想自己到了那个年纪一定会更老，到时候她要去染成金色，这样就什么也看不出来了。那个女人牵着一个孩子，他手上拿着一个装着假金鱼的透明小球。她转过身来，也看到了她，两人几分钟内什么话都没有说。她闻到了熟悉的味道，但她把自己裹紧了。冬天，风很容易从脖子里灌进来，她都快忘了自己原来是个北方的女人。那个很老的女人先开的口，她说，你没小时候漂亮了。她摇头，不知道说什么好。她的母亲说，你有男人了是吗？我看得出来，你在这有个男人。她简单地把自己的事情告诉了她。很奇怪，她一点都不觉得有隔阂，反而像在说一件别人的事，她母亲的事，甚至她带有一点冷笑和尖酸。她的母亲说，你就这样不明不白和人在一起七年。她愣了一下，看了她一眼，她说，相比于我你好在了哪里，你更老了，也一样不明不白。她看了一眼她的孩子，和她一点都不像。眉毛长得很乖张。她觉得，她的父亲可能穷凶极恶。自己好上太多了，不是吗。起码她更爱他，而她母亲脸上早就没有什么爱的痕迹了。她是没有办法离开埃贡的，她很想，但已经没有任何办法了。

"他们在这七年间聚少离多。她快三十岁了，从来没两个人一起过过生日。她的父母也从未一起庆生过。她觉得情人就是该一起庆祝一次，哪怕只有一次。所以她对埃贡说，你从未为我做过什么，但我想有一天能一整天与你待在一起，当作你的妻子，像家人一样坐在一张桌子前。她并不是追求浪漫的人，但她希望他送她一幅画，一点能让她留点念想的东西，除了他的房子、他的才华和身体。那个男人说，我并不希望你和我的妻子相同，我本来相信我们之间情比金坚,我们是最好的朋友兼爱人,不受日常生活的折磨。他说这构成美的最高形态。但他很久没有画画了,她知道,他的画也从来没有卖出去过。有一次她去过他教课的画室,墙上挂的是抹大拉。她看到画里妓女用眼泪为基督洗脚。埃贡正在教一个女孩画石膏像,他的头发留长了,不再像过去一样乱糟糟。后来她再也没去过那个地方。她满三十岁的那天,她一个人坐车到他们第一次来这后幽会过的地方去,以前他们走到山丘上,在一张坏了的长椅上坐着,他会剪下一张报纸上的填字游戏和她一起做,在他思考的时候,她小心地吻他的嘴角,他的字迹始终在一个字母上加深打转。那一天暴雨把泥水从左边的山上冲刷下来,挡风玻璃上洒满泥点。她的雨伞不断在车里滴水,她特地穿了红裙子,但全部都被打湿了。那天她走的也是这一条路。"

"哪一条?我们现在走的这一条?"未婚夫说。

"对,"她看着后视镜上挂着的她的项链,她曾不止一次戴着它祈祷过,"当时路上也有起事故。那时候因为在建大桥,你知道,运送钢筋就从这条路走。你也做过这个工作。他们开着卡车,沿着这条路把钢筋送到河岸上去。有一辆汽车和卡车追尾,后面那辆车的人就这么死了。当时围观的人很多,他们说,挡风玻璃全碎了,五根钢筋把后面那辆车刺了对穿,生命力再强的人也没法活下来。何况那个人很瘦。后来那些钢筋继续被运去造了大桥。"她说完的时候,把项链从后视镜上取下来,重新挂在自己的脖子上。他们的车开上大桥了,她发现大桥比她想象得高很多,自己从来没仔细端详过它。她没有这个勇气,从来都太过胆小。

"你不要说了,"他的双手重新回到了方向盘上,他本来还将一只手搁在车窗上,"太不吉利了。你不会要说那个男的就被车撞死了吧,天底下哪来那么巧的事情。"

"的确,所以那只是一个朋友的故事。但那个男人确实没有来,她本来也没有期盼过。那个女人还一直留在这个地方,又待了三年,不知道在等什么,可能是在等待遗忘,后来她随便找了个男人结婚了,跟着他离开了这片伤心之地。总之不管怎么样,从哪个角度来看,他们最后都分开了。恋情总会在各种各样的原因下终结的,不是吗。过去她谈过一个故事,是一个美国人写的,讲述一个女人爱上丈夫的朋友,他们的偷欢充满热情,但有那么一回,他们很不幸遭遇了地震。男人被压在重物下,她是个天主教徒,她向上帝许愿,如果祂能显出一次神迹,拯救那个男人的生命,她愿意不再爱这个男人,结果这个男人真的重新呼吸了起来。这段恋情最终如同预言变成了一桩有始有终的风流韵事,她说,她认为她和那个女人一样,都应当受到某种惩罚。她很长一段时间没法开口,神父将手掌覆盖在她头顶的时候，她觉得有什么即将苏醒，即将像死水从自己的内心流出来，但她始终都没法做到。直到有一天，她路过这个地方某一座教堂时，她看到耶稣被钉在十字架上，头顶是一个变形的金色太阳。钉子从他的身体上，从他的右手上穿过。她又想起了埃贡。她把脸贴在神像外的玻璃窗上，她的脸很冷，她觉得自己再也不会温暖起来了。她说她这辈子犯过一个最大的错误。她说，有一次，就那么短的一瞬间，她想，不能被任何东西斩断的爱只能由死亡来终结。她想，如果埃贡就此死去，她就能就此抽身，免去所有的麻烦。她说这是她一辈子说的最罪无可恕的一句话，即使她没有说出来，她也该一辈子领受惩罚，终身为此悔恨。"

她看得出来他在想什么，家的炉火、母亲皮肤松弛的笑容和离开这个地方后受他支配的女人，他会反复品味这些，就像他总会舔啤酒的最后一口。她早就知道故事的真谛从来不是为了真实和完整。她的项链在那时候变成了一块冷铁，贴在她的胸口上。她想起当时也是这样拥堵，等她到的时候，人群围成一堵很高的墙。她听到模糊而飘荡的词汇，例如疤痕、手臂，例如面不可辨。她打开车门，没有对未婚夫说一句话。她绕过停滞的车流，想要去桥上走走。她无数次期盼自己的聋与死，就像现在，无数念头泥沙俱下的瞬间，上天将死亡与惩罚的字眼留在她的身上，她允许自己此刻有毁灭的念头,甚至希望大桥裂开一条缝,露出里面的钢筋,汽车就像玩具一样没有重量,排队掉进河水里消失不见。活着真是古怪,她在忏悔时想起埃贡的脸,就像把他的照片从她的钱包里拿出来一样熟悉。

风把她的头发吹起来,他苗壮的生命力从她身边流走,流进这座大桥里。她听到远处的鸣笛声,有人叫她名字的声音,还有埃贡的名字。太阳从天的尽头落下来,就像点燃的烟头烫在水面上,她看到光变成火,想到火河,想到冥河和地狱的传说。她知道未婚夫会在她下车后先抽一支烟,而后才会来追她。她想,天黑之前,惩罚和原谅如同赛跑一样先后穿过她的身体,哪个会赢。她在赌,还有一支烟的时间。

裂痕

唐瑜

前些天我找工作，在大楼里碰见小学同学黄锐。其实省城真的不小。后来我回想他年少时俊秀的样子，实在没法将两张毫不相干的脸重叠。他大约比我高十四公分，身材发福严重，脸上还剩有不少痘印。要不是面试官大声叫我的名字，我们应该就此擦肩而过。

这会儿他发来消息，问我最近过得怎样，想约我见面。我看着脏乱不堪的宿舍，先是客套地回绝。我说，今天忙着办离寝。他紧接着问，东西多吗，有人来接你吗。屏上的字写了又删，删了又写，我犹豫该怎么回。他又说，你发个地址，我开车来接你。看着摊在地上的大箱子，我最后还是应下了。

外省的舍友们都已经回家，剩下不少零碎物得清理。戴上口罩，我把柜里的衣服都扒出来，飞扬的灰尘瞬间在空中浮动。衣服大小不一，每年的审美都在变。我把还想穿的挪进行李箱，一次都不想再穿的丢进麻袋里，收拾了个把小时。最后掀开灰色的窗帘，一只蜘蛛赫然挂在眼前。刚入学时，我就因害怕虫子与人换了床铺。不知为何，现在我鼓足勇气想把它捅掉，结果它乍然向我爬来。我吃了一惊，着急忙慌用衣架遏制住它，打散网，毁掉它栖息的家。有些东西没办法轻易丢掉，它会在临近忘怀的那一刻闯回来。我吃力地拖着杂物往一楼垃圾车走,却被挡在右楼梯口,眼前密匝匝堆积着一只被遗弃的巨兽。耳边传来宿管阿姨骂骂咧咧的声音,垃圾已经堆积到四楼。我把麻袋往边上一放,给这只垃圾兽添上小尾巴。一切整理妥当后,开始捯饬自己。

黄锐那时是学校小有名气的混子,就在我隔壁班。我们在暑假游泳班相识。他长得白净,五官棱角分明,透着股冷酷劲儿,特别招女孩喜爱。好在我长得黑干瘦,喜欢他的人并不觉得我有威胁力,甚至时常讨好我,让我投递情书。黄锐总是故意装得很凶,让人觉得他不好接触,不过相比起那些爱耍小心思、偷偷打报告的人,我更乐意跟他玩。他知道我曾喜欢过他吗?即便他后来突然消失不见,我心里仍给他留有位置。天气炎热的时候会想他,和别人恋爱时会想他,睡不着的时候也会想他。睹物思情总归都是借口。记得下课铃一响,他经常第一个冲出教室,杵在窗边等我。同学炽热的目光,班主任不愉快的神情,多少让我喜忧参半。但管他呢,我慢悠悠地收拾书包,享受着那一刻高度的存在感。

周五是我们固定的小赌日,放学后去仙人井捞硬币。从保卫处走到校门,要穿过一条长长的涵洞,墙面上挂着校领导和老师的照片,冗长的文字书写着他们光辉的教学事业。沿着红旗路狭窄的小入口,往下走数百级阶梯,便能看到两口方井。泉水自石壁孔涌出，落入池中，常年叮咚作响，清澈透亮。饮水井里有许多硬币静静地躺着，承载着许愿人永不枯竭的希望。落阳斜照下来，井面上波光粼粼，空气里像是有薄薄的烟。作为散养的孩子，晚点回去父母根本不在意。黄锐趴在井边，用手捧着一丝清液，吸入口中，接着再重复几次。他长长舒一口气，脱掉蓝色短袖，趴在井边，让我紧紧扯住他的脚，双手伸进水里在井底贪婪地捞捕。直到我快撑不住，他才会用力把身子往后一仰。伴随着巨大的出水声，他喘着粗气，兴奋地数着手里的硬币，碰到大的还送往嘴边亲。湿漉漉的头发不断汇聚成小水滴，掉落在滚烫的石板地上。滴答，滴答。是彩色的，那些水滴。

约的五点，我已提前半小时画好精致的妆容，百般纠结后穿了一件蓝色连衣裙。黄锐发来信息，说已经开车到宿舍楼下，正站在门禁处等着。我拉着一大一小行李箱，上边还驮着两个中型被袋，刷卡出门，他赶忙接过手，说，外边晒，先上车。他以前的身型是修长的，如今长胖不少，想必这些年往身体里塞了大量食物。我们快步过去，躲避斜照下来的落阳，高跟鞋在水泥地上发出尖锐的声响。那是一台黑色的新能源越野车。我上到副驾，扑鼻而来一股浓烈的车载香薰味，正极力掩盖弥漫在车内的出厂皮革味。车没有熄火，空调一直在运作，温度很舒适，后背上的汗

裂痕

正在徐徐挥发。他问我冷气还合适吗，我说挺好的。很久未见，我们都有些局促。窗外遍布着背行李的异乡人。六月毕业季，空气热度飞速爬升，太阳每天按时出勤，几乎是毫不吝啬地发散光芒，照射大地。如若不是省城那种特有的燃烧感，一种黑夜将至本应沉寂的街道，却仍吵闹着并散发出不同黄色火焰的感觉，我想，我也是一定要离开这的。

日料店很静谧，上菜还慢，以至于不得不说很多话缓解尴尬。他倒了杯玄米茶给我，说，我们应该十年没见了吧。我说，是十一年，升六年级的时候你转学了。他拍了拍脑袋说，瞧我这记性。我说，所以你当初为什么突然转学，也没和我说一声。他说，嗨，我爸把我搞去寄宿学校，被关起来了。我哦了一声，略有所思，说，你和以前特别不一样。他认真思考了下，语气变得沉稳，人嘛，总是会变，以前不想读书到处乱混，现在规矩不少。我点点头，说，难怪。然而这并不是我想得到的答案。与他分开后的几年，我觉得这世上的大多数男人都比不上他，可这次重逢一定程度上打破了我的想象。

服务员终于把菜端上来，豆腐在寿喜锅里咕噜咕噜扑腾起来，散发出一股浓郁的香甜。他帮我把生蛋液搅好，夹了片牛肉放我碗里。我些微沾了点，放入嘴里，感到腥，吃不惯，硬生生咽下去，吞了好大一口茶才缓过来。他问，还记得咱以前经常去井边玩吗。我说，当然，每次捞到后你就带我去玩老虎机。他说，我还老中不了大的，把钱输得精光。我说，你还好意思提，我有几次拿游戏币坐公交，被司机发现抓到骂。他举起杯说，哎呀都怪我，以茶代酒给你赔罪。我放低茶杯与他相碰，发出清脆一声。他见我不再那么沉默，话逐渐变多，说，这些年你谈过恋爱了没。我说，那肯定有呀。他说，几段。我说，你搁这查户口呢。

近些年我尝试过两段恋爱，但仅仅几月就都无疾而终。别人问我分手的原因是什么，我都说是不喜欢了。事实上，我可能根本就没喜欢过他们。爱情究竟是什么，是治愈孤独生活的灵药，还是生殖繁衍的驱动力。理不清楚。心里多少背负些遗憾，为当年没能向黄锐表达我的心意倍感惋惜。我不间断感觉到，好像有些事没做完，但又觉得那是最好的离开。在回忆里留下的最美好青春轮廓，是难以通过人为去创造的。也许，我对他念念不忘有这个缘故。

他又接着说，跟你说个糗事，我上一个女朋友，分手的时候拿猪血吓唬我割腕，太他妈离谱了，搞得我心里有阴影，你说，谈恋爱到底为了啥。我说，我哪知道。我言语里透着股酸味，尽管黄锐没能保持梦中情人的模样，我却摆脱不了对他莫须有的占有欲。他接收到自讨没趣的信号，埋头吃下好几块寿司，才说，其实吧，我有些时候总是会想到你。这番话他一定是想了很久、费了很大劲才说出口，暗自较量的天平在这一刻终于偏向我。他看向我的目光蕴含期待，似乎是想要得到满意的回应。我说，我才不想你呢。我非常不适合撒娇，发自心底觉得自己惺惺作态的样子令人作呕。他却对我的发嗲感到兴奋，说，你比以前漂亮了很多，真的，尤其是眼睛，特别好看。我下意识地闪躲开他的注视，心里莫名焦躁。我们似乎都无法忘记对方，这应当是好事，但人常常会被自己的心跳迷惑。我的内心泛起异样感，我一定是忘记了某些重要的事情。

饭后黄锐送我回家。老楼没有电梯，他帮我把行李提到六楼，满头大汗。我觉得不好意思，便约他下回去游泳。他对我的邀约很是高兴，下楼时反复向我挥手告别。我从楼道口看着他驱车离开才敲响门。良久，门才开。

我爸穿着一件老旧的白色背心，眼里有点惊讶，问我怎么突然回来了。我说，毕业了，先回来住会儿。他哦了一声，帮我把门口的箱子提进去，语气有些责怪，说，怎么不提前打个电话，好给你铺床。我说，没事，我可以睡沙发。他有些懊恼，坐到沙发上。我把门捎上，问他，我妈睡了吗。他点头。空气里充溢着一股生疏。他用力摆弄电视遥控器，调来调去几次后回了房。

夜里我躺在沙发上，从睡梦中醒来。看向窗外，漆黑一片，唯有明黄色的路灯还亮着，像是在审视我。也许是刚刚的梦，脑袋清醒得很快，用一次性塑料杯接了水，一饮而尽，能清楚地感知到液体从嗓子慢慢流入胃里，一阵清凉。没有开灯，我坐在沙发上，静静地听着我爸震耳的呼噜声。

——睡了吗？

手机突然震动，吓我一跳，是黄锐。我回复他，刚醒，你呢。他说，半宿没睡着，想起以前很多事。我回，我也是。他说，我一直有个事想问你。我说，啥。他说，你爸妈后来怎么样了？我一下子精神了，泪水倏地从眼角流下。那些埋藏于尘灰下的、说不出口的阴事，被一针戳破，在脑内嘶鸣，迟迟不平。

黄锐其实中过老虎机的大奖。平日里无情的吞金兽，伴随着一串玩味的游戏声，开始如瀑布般往外吐钱。那理当是快乐满足的一天，却被我的哭丧脸破坏了。在黄锐的不断追问下，我说出家庭即将破裂的实情。他思考片刻，提出了神秘而伟大的想法，去捉奸。

我们来到我爸承包的工地门前。绿色竖网包裹的楼盘已经建成一半，高大威猛，外面杵着许多钢筋架，古铜色的工人们正在上面一木一石地修葺。我们藏匿在马路对面的树荫下，仔细盯着大门来往的人。黄锐学着电视剧里特种兵的模样，匍匐在地上。我懒得管他，嘴里骂他神经病。

等待的时间很是漫长，久到黄锐好像睡着了。日光下，我瞪大眼睛，不想放过一个人。光芒汇聚进我的眼眸里，似乎是出现了幻觉，眼前的光圈愈发模糊，触觉神经也变得敏感起来，清晰地感受到后背上的汗，正在一滴，两滴，三滴……慢慢滑落，密密麻麻，变成了一团水。到底是酷热还是温暖呢，我蜷缩起自己，一个被包裹住的形态，以为回到了妈妈的子宫里。耳朵里发出咕噜响，应该是灌足了羊水，我像一条鱼在游动。虽然隔着肚皮，却能感受到妈妈在抚摸我的手掌。她浅浅哼着歌，我预感到，我快要出生了，快要抵达这个新世界。我的头移动到宫颈的位置，一种与地平线相反的角度。子宫里是红黄色的，正如落日的颜色，而我贪婪地吸食养分，在里面燃烧。杂草间的小蚊蝇降落在我的鼻尖，吸盘的重力使我即刻跌落在地上，有些虚脱，吓醒了半睡的黄锐。他慌忙起来，问我怎么了。我有些吃力，说，应该是中暑了。他帮我调整好坐姿，让我等着，然后快速跑去商店里买水。他走了没几步，我就看到了我爸的车。一辆银色的小轿车。缓缓斜停在门口。我向黄锐离开的方向叫喊，却只能发出干哑声，说不出话。干，太干了。我极力挣脱身体的麻木，站了起来，以一种诡异的步伐，往对面走去。我看到了，副驾上，坐着一个年轻靓丽的女人。

这场面像一根烧红的铁刺，扎进我的双眼，灼痛得厉害。我爸曾是我心中带有神性的权威，是我安全感的来源，和他站在一起，我总不自觉地感到骄傲。以前他总骑一辆轰隆隆的摩托车，我坐在后面抱着他，我妈在后面环住我。我们仨就是一块紧裹的三明治。用沙拉酱黏在一起，温暖、湿润、美味。如今被揭开一块，我害怕地黏在另一片单薄的面包上，直视这突如其来的分裂。

一辆车从左边呼啸而过，差点撞上鲁莽的我，那是一声尖锐的鸣笛。黄锐从侧后方拉过我，生气地对着车屁股大骂。我着急地扯住他，张牙舞爪地指着对面的车，怕错失了机会。我甚至不能大喊狗男女别跑，我不懂，为何在如此重要的时刻，我失语了。黄锐很快就接收到意思，搀扶着我过马路。就在同时，小轿车的后座门打开了。一双极其眼熟的鞋映入眼帘，就在昨晚，它还出现在家里的玄关处。那个人穿着朴素，黑色短袖皱巴巴的，能看得出它曾被多次清洗穿戴。他的头发黑白相间，常年做工皮肤晒得黝黑，个子矮小但富有肌肉。他与车里的人娴熟地打着招呼离开，向工地走去。那是我妈的父亲，我的外公。五十来岁还在工地做工挣钱，为了给舅舅买房养孙的外公。

我停顿在路边，震惊、迷惑。那些破碎昏暗的争吵里，我妈的啜泣频繁在我脑海里徘徊。一句句带有压迫性的话语，占据了我每晚的记忆。外公总是把错误归结在我妈身

裂痕　　119

上。他总说她打牌不顾家，说她孩子管不好，说她乱花钱，说她管不住男人，总之哪哪都不对。可眼前的这份包庇，究竟是为了什么。我没有再向前走。银色小轿车发动，匀速地离开了工地。喝下黄锐递过来的水，我逐渐恢复神智。

工地上的挖掘机正在轰隆作响。我指着那台黄色的大玩具说，就是它，自从我爸有了钱，就总不回家，那个东西象征着一切坏事的开始。黄锐没作声，只是专注地看着我所指的方向。我把手伸向他，说，借我几个硬币，我想许个愿。他从口袋里抓出一大把，问我，够吗。我紧紧地把它们攥在手心里，说，够了，愿望没那么容易实现，图个仪式。我曾无数次在井里偷走别人的梦，如今却狼狈地希望它能听见我的祷告。

又见深井。

水比以前更清了，烈阳穿透进去，让每一处暗点清晰可见。我把零碎的硬币包在手掌里，双手合十，虔诚地许愿。我和井仙说，希望那个坏女人能够消失，希望爸爸能够不要离婚，希望妈妈能够戒掉牌瘾，希望我的成绩能够高升，希望……贪心和欲望是什么都无法放弃的人才有的，它像是一汪水，漫过了我的家。

不知是何时沉沉睡去的，醒来发现枕头上印有明显的泪痕。我打开手机查看，发现昨晚忘记回黄锐，便发去一个早安。一股蒸鱼豉油的味道袭来，太阳已经高高挂在天上，厨房传来切菜颠锅的声音。蓝黄色的火焰在灶台上熊熊燃烧着，极其温馨。揉缓开微肿的眼皮，看到我妈端着餐盘从里面出来。她把围裙解下来，喊我吃饭。起身简单洗漱了下，看到穿高跟鞋被磨破的脚踝处已贴上了创口贴。

我爸穿着白背心，坐在餐桌靠墙里边，起开大曲酒的盖子，倒上满杯，随即沿着快溢出的杯沿吸溜一口，发出满意的一声哑巴。那年我爸突然失业后，他们不闹了，像一对张开双臂的红白陶瓷小人娃娃，硬合一块，搭着不分开。我爸零零碎碎找了许多工作，都不长久，勉强维持生计。他的性格变了许多，与我妈的关系有所缓和，不再吵架，甚至不久后生下我弟。和解的产物，还特意查阅族谱的字辈取名。婚姻再往后走，进化成相互冷漠，视若不见。我爸总爱喝酒，屡屡喝得酩酊大醉、一身通红，控诉自己被小人作祟，幻想着有一天能从天而降一位法官为他主持主义。

我妈给我盛了一碗冬瓜排骨汤，我大口喝完，背后泌出大汗，清热解毒，浑身舒爽。我忍不住赞叹，这汤炖得比以前好。我妈满意地笑，让我多喝些。我把脑袋对准风扇吹，她又接了一句，外公最近来省城看病，你和妈暂时先睡一张床。我说,我弟的房间不能睡吗。她说,寄宿学校周末放假,他要回来,你又不是不知道他有洁癖。我说,哦。借着契机,我顺势又说,过些天我找到工作就搬出去住。我爸喝得微醺,哈着酒气说,你工作需不需要我找人帮忙。我说,不用。他对我的拒绝表示不悦,微微皱眉,说,你要学会人情世故,不要老是高不成低不就的,人家公司要你就不错了。我早已习惯他对我的否定,这些相似的训话时常左耳朵进右耳朵出。他依旧絮絮叨叨,这个社会很复杂,你不要随便听别人的忽悠,想当年要不是那些狗杂种背地里搞我,我至于这样吗。我妈见状抢过他的酒杯说,差不多了别喝了。我爸把筷子往桌上一甩,破口大骂,他奶奶的酒都不让老子喝,这日子没法过。

日子没法过也得过,我嘟囔着,你现在这条件还能再找?空气短暂凝滞。我爸涨红了脸,对往事羞愧难当,憋了好一会儿,才想到接着训,毛悦,你读了几个书就翅膀硬了是吧,想翻天还得看你老子。本应令人愉悦的孩子,现在却把他气得不轻。愤恨在这一刻爆发。他指着我说,你以后别伸手找我要钱。我口不择言,搞得好像你有几个钱似的。话刚说完,我就后悔了,脑子发蒙。然而这是必然发生却一直拖着的事。我爸的尊严受到重挫,他闷喝一杯酒,缓缓垂下了头,好久,才吐出一口浊气。我真的想哭,时间走得无影无踪,他是什么时候长出了密密匝匝的白发，大肚腩又是何时瘦下去的。他在我的定义里，是西装革履的样子，是意气风发的感觉。他比以前更老了。

厨房里洗碗的水声断断续续，我爸躺在摇椅上，用蒲扇慵懒地扇着风，睡眼蒙眬。茶几上的手机震了又震，我想大约是找我妈有事，输入密码帮忙看一下。那人说，汤好喝吗，好的话再给你做。一股莫须有的好奇心驱使我点进去。我妈唤他杰哥，每天聊些琐碎的日常生活，并没有强烈的触目惊心。双方不知何时建立的联系，看着好像很熟悉，但也没有越界，只是以老乡身份互诉苦楚。我抬头看向我爸，他已经张着口熟睡，打着颇有节奏的呼噜。

回想起去上名牌大学那日，我收拾完两大包行李，伸了个大大的懒腰，开着玩笑说，终于不用听我爸打雷一样的呼噜喽。

我妈说，我都习惯了，哪天他不打呼噜我反倒睡不着。

我说，我怎么也听不惯，实在太痛苦了。

我妈说，万一你宿舍的人打呼噜呢？生活中的痛苦多了去了，你适应下不就好了。

我哑口无言。退出聊天框，把对话标为未读，再把手机放回原处。

三天过去，我仍未收到上次面试的结果。黄锐知道后说介绍我去他朋友那，我们便约在游泳馆见面。红日照得人脑袋发昏，手机却收到雷暴预警。省城的天气真的很极端，要么阳光暴晒，要么阴雨连绵。看来最近是要进入雨季了。软绵绵的热浪吹过，落下许多叶子，上绿下黄。味道在夏天格外浓郁，鼻腔充溢着树叶和浮尘味。我站在台阶上向里望去，馆里没什么人，或许天气燥热，人们寸步都不想动。日光折射进明镜的水面上，池里是静谧的蓝。没有波纹，没有滚动。明明是安闲的氛围，胸腔里却闷得很。走进去，池子里的水很干净，但隐隐约约还是能闻到漂白粉的味道。

换好泳衣，我跳进水中，如纵壑之鱼，尽情地在空旷的水里享受游动的、舒畅的快感。如果能自在地生活在水里，那一定很愉悦。游到疲惫，我停下来，半伏在岸上。黄锐双手撑起身子坐到池边上，呼哧带喘，看着我，嘴巴在动。我朝着他大声比划，我耳朵堵了，你说什么。使劲摇晃脑袋，跺脚单跳，直至打破耳内那层堵塞的膜，一股热流涌出来。他说，明天你能陪我去趟金水冲吗。我说，去那干吗。他说，搬个家。我说，行啊，听说那里很漂亮，正好我还没去过。他神色悲伤，说，那天的问题你还没回答我。我像是一条被搁浅的鱼，嘴巴不停地张合，想要说些什么，又不知怎么开口。抬头看，灰黑色的云正蔓延在省城上空，起风了。停顿了很久，我说，还在一起。其实我并不想提，那对洗心革面的父母。他满意地说，那挺好。

我说，多亏当年你陪我去捉奸。这声自嘲在此并不合适。他听出不对，说，我不是那个意思。我被揭穿了伪装，心里不由得生出自卑感，但仍假装不在意，严肃地说，请收回你的怜悯。他想法让我平复，说，转学后不久，我爸妈离婚了。这么说显然奏效，他脸上拧出痛苦的神情，说，我有些话想告诉你，但是怕你生气。我大抵猜到些，说，那就不要说。他没遵循我的建议，继续说，我曾经做了件错事，如今我后悔了。我说，后悔有用吗。他说，我想我早在几年前就得到了惩罚。我说，这关我什么事呢。

深深吸一口气，我张开双臂，埋着头奋力向前划。池水涌进了耳蜗，我再次被水包裹着，好熟悉的感觉，像是回到了某个地方。远处传来几声低沉的雷鸣，睁开双眼，透明的水被蓝色的瓷砖反射着，窗边折射进水里的光很薄弱，比落日的黄更浅。

我想起了被我遗忘的事。我爸当年是被举报下岗的，租用占股的挖掘机在工地盈利，属于私用职权被公司开除。我曾傻傻地模仿电视机里大义灭亲的形式，写下我爸的罪状，妄想以此让他得到处罚。不过那封信被我妈发现了，她用衣架重重地抽我，拖着我在灶台上把信烧成灰烬。后来我才明白，无论他们吵得多凶，在利益面前，他们是站在同一战线的。金钱能使任何人统一立场。那我爸究竟是被谁举报的呢？与黄锐相遇后，我怀疑过他。可我们当时还小，不至于有如此缜密的心思，不是吗。我不愿意猜忌他，再续前缘并不容易，如果他向我表白，我也许会答应他。重逢不是自动找上门的偶然，是恳切地盼望使命运的转盘再一次朝向我。过去的日子，时间仿佛是自己的。但在这奇迹般相逢的瞬间，我愿毫不迟疑、当机立断付出自己。

雷电发出最后一声轰隆鸣响，像是重重的叹息。云层垒在一块，外边黑了，终于下雨了。黄锐搭着浴巾坐在躺椅上，忙着回复手机信息。馆内的白炽光在水面上闪烁、飘浮。读小学时我们仗着年轻无畏，总是游尽了力量才肯停歇，有安全员在就不怕溺死。可现在才半个钟头，就没了劲头。我感觉头晕，身体朝后躺去，浮在水中，等待脸上的湿痕被晒干。

上到副驾，黄锐递来一个信封，说，我托人写了封介绍信，你回去后直接往我朋友的公司投简历，走个流程。我接过来，向他道谢，顺便调节好座位的前后距离，上次坐这的人一定不太高。他又说，里面还有张卡，密码是六个一，你去置办些上班的衣服吧，你平常穿的不大合适。哪里不合适？我想问，但习惯性憋进嘴里。雨变得小了些，我打开窗，静静地把手伸向虚空的风中，迎接它们落给我。第一滴凉爽落入掌心，紧接着无数滴雨落进几条交叉的掌纹，汇合成水，顺着手腕滑走。路边有个穿蓝色雨衣的小孩，正兴奋地踩着水坑。看得我有些羡慕。

第二天天刚亮我就醒了，看到我妈坐在窗台边。双手支在膝上，眼睛瞪大看着外边，像桩一般杵着。我的话比脑袋快，你何必将就呢？浓厚，同时又空洞的问题。答案早已渗透在生活里，我也不知道嘴巴这会儿为什么要犯贱。我妈看我醒了，愣了一下，转而问我想吃什么早饭。我说不用了，今天要去金水冲。她没追问去干吗，只是说，今天雨大，早去早回。感受到温度骤降，我便多带了件外套。

等洗漱完，黄锐已经到了。他穿着一身黑色西装，眼袋很重，看起来很疲惫，像是一夜未睡。我提包坐上车，一股浓郁的花香袭来。后座上放着一束粉色康乃馨，但一半都是花苞的形状，还未完全绽放。我说，搬家还这么有仪式感。他发动车，说，给我妈的。我对他的先斩后奏感到惊讶，甚至有些生气。我没做好见家长的心理准备。他赶紧解释道，我妈半年前走了，但墓地资源紧张，没排上号，前两天通知我有空位，就想给她搬过来，离我近点。我努力消化这突如其来的一切，沉默几秒，说，这么大的事你应该提前告诉我。他没回应，自顾自说自己的，那时候我妈胃癌晚期，我爸愣是没来瞧一眼。我不会安慰人，只能长叹一口气，说，心真够硬的。他说，我爸离婚后压根不管我，天天在外边花天酒地，后来直接把我丢到寄宿学校，所以毛悦，我真的羡慕你，真的。我频繁抠着指甲上的死皮缓解焦灼，说，为什么选择金水冲。他说，算命的说那里风水好，就买了套房子安置，但我从来不敢进去，我握住他的手背，想用温度去融化他的害怕。他紧紧反握我，说，我对不起她，每次想她了，就站在楼下说说话。我说，搬完房子怎么处置。他说，卖了，我不敢住。

车驶入石沙镇，山脉绵亘，金水冲越过青山，横贯于村镇，河道宽阔，正值六月主汛期，流淌的速度很快。如果在二三月，岸边的田埂会长出连片的油菜花，绵延数百里。雨越下越大，土路泥泞湿滑，车子摇晃得厉害，玻璃窗敲打得啪嗒响。好在导航上显示一路绿灯，五十分钟就能到。

折腾了许久，我们终于抵达一座居民楼。我整理好自己的头发，长呼一口气，跟随黄锐，脚步沉重，爬上六楼。门一打开，飘浮起厚厚尘灰。我站在门口，并没进去。黄锐跪在祭桌前，嘴里细细碎碎说着些什么，肩膀开始大幅度抖动，从隐忍含泪，到放声大哭。看着遗照上单薄的笑，我感到心跳加快，转换视线后呼吸才顺畅点。黄锐把背挺直，做完标准的三跪九叩，咬紧牙，憋足劲，发出浑厚的喊叫，妈，跟着我，别走丢了。我听得心里一阵酸楚。

他珍重地捧着盒子，放到后座，系上安全带。那是黑檀木做成的，上面雕着镂空的窗花，设计看上去花了不少心思。旁边那束康乃馨颠簸一路，这会儿醒得刚好。坐上车，我问他要不要休息会儿，他把我拉进怀里，有些哽咽地说，就这么待一下。我抚上他的背，有节奏地拍打，泪水浸湿了我的肩膀。像个小孩。良久，他才松开我，恢复以往的状态，冷静得像是什么都没发生过。他用手指腹在我的左腕上面不断摩擦，久久地和我对视，像是要对我说特别认真的话。时间像是定格，我们都在等待，打破最后的一层面具。

你能和我在一起吗？

暴雨猛烈地打在车身上，发出啪嗒啪嗒的声音。好冷啊，我忽然想喝一碗我妈煮的热汤。一切都太糟糕了，我是说我。这些年，我无法从周围女性身上感受到婚姻幸福和家庭幸福的影子。片刻沉默。我说，回去再说吧，让我想一会儿。他嗯了一声，摸着左腕上的疤，岔开话题，这里怎么有个印子。我说，小时候被抓的。他说，可惜留疤了，不好看。我说，你真的什么都不记得了吗？他有些迟疑，说，有点眼熟，跟我有关吗。我抽出左手说，没有。

黄锐发动车，拿出手机扫停车费。保安抽着根烟，从小窗探出头好奇地问，你是这的业主吗？见你有点面生。黄锐点头。保安又问，这会儿去哪呀？黄锐说，回城里。保安皱了皱眉头，劝道，这大雨怕是要下很久，你最好在

裂痕　129

这住一晚上，安全些。黄锐打了个哆嗦，不知道是被风吹的，还是想起那没人住的屋子。他回道，没事，我开快点，在涨水之前回去。保安按下按钮说，那祝你一路平安。栏杆抬起，黄锐把窗户摇上，用力踩下油门。

车里暖气已经开得最大，但我始终觉得冷，不停打着寒战。谁也不说话，只剩下有序的呼吸声。车速有增无减，强烈颠簸使得胃一阵绞动，每一秒都格外难熬。口袋里的手机突然震动，是我妈发来微信：给我回个电话，这天气我有些担心。我身子实在不舒服，没劲回她，只能一直揪指甲缝里的那根倒刺来分散注意力，以免吐出来。黄锐不断闪烁大灯，向前方鸣笛示意。我感到害怕，说，你开慢点。路中间倒了棵树，我吓得惊呼，小心！可来不及了，一声碰撞，那根倒刺终于被扯了出来，红色的血液从缝隙中汩汩渗出来。痛感让人清醒了很多。耳边充斥着水浪猛烈拍打的声音。我们掉进了金水冲。

翻滚的黄泥水从孔隙密密麻麻漫延进来，水位线已抵达大腿根部。黄锐颤颤巍巍解开安全带，慌乱中敲开天窗按钮，踩上座椅，迅速爬到车顶。衣服此刻像水鬼拖拽着我。他伸出手拉我。出天窗那一刻，我左腕划破，流出一点血。这让我想到那个被遗忘的人。黄锐扯住我大喊，这都什么时候了，别拿了。我没理他，向内探去，盒子已经被浸透一半，费了好些劲才把它扯出。风呼啸而过，黄锐脱下衣服扔进河里,眼神凝重说,我们现在只能游出去。洪水夹杂着枯枝和碎石奔泻,打在岸上发出剧烈的碰撞声。我抱着盒子问,你妈怎么办。我还不想死!当年我被判给我妈,没钱的日子太苦,我就跑到我爸那去了,我妈还是会原谅我……翻腾的水流使得车身一阵晃动,他脸色苍白一跃而去,浑水里只留下若隐若现的脑袋。

左腕的疼痛变得剧烈,我抬起左手,看着它被一点一点撕扯开,裂痕越来越大,雨水正沿着它慢慢穿透进去。

那年我十岁,发现黄锐在泳池里激烈挣扎,下意识向他游去。他的指甲在我手腕上印下了深深的小槽。他抵着我的身子往上蹿,一下,两下。池水咕噜咕噜,涌进嘴巴和鼻子。逐渐没了力气,放弃反抗,放松四肢,脑勺后仰,把脸朝上,保持漂浮状态,像是仰泳着的鲈鱼。我妈在岸边着急地呼喊,救生员把我捞上,用力按压胸口。我呛出一口水,晕乎乎看着围绕的人,我妈赶紧问我,痛吗。

不痛。不痛。再也不痛了。雨神奇地变小,一丝淡淡的黄光从褶皱的乌云里流出来。坐在车顶上,我拿出口袋里的手机。还好它防水,但没信号。对不起啊,妈妈,这些年真是对不起。我打下字,点击发送,把歉意交给命运。水流愈发急速,我紧紧抱着黄锐的妈妈,等待命运的降临。来年入春,金水冲又会迎来众多游客,遍地的油菜花下,他们是否会知道如蝼蚁般我们的存在呢。恍惚间,我看到河底布满了银色硬币,它们正井然有序地融合成一艘银船。世界被重新打开。不远处的桥上站着一个女人朝我呼喊,像是营救的声音。我右手抱着方盒,左臂高高举起,向目光所及的希望用力挥舞。

燃烧的月亮

杨咏

程箐心不在焉地站在厨房,刚切好的马铃薯块参差不齐,像一座小山堆在盘里。鸡汤的松香气缓缓地从炖锅里漏出来,逐渐弥散在整个厨房。砧板上遗留的辣椒籽沾到了手上,手指和掌心发烫地疼起来,如同架在无形的火上炙烤。她望了一眼窗外,眉头紧皱着打开水龙头,流动的水不停从指缝里冲出去。她有些恍惚地看着水往下坠,落到下水道的黑洞里。这时围裙兜里的手机响起,她关掉水,不耐烦地拿出手机。是李海娜打来的。喂!妈,买哪个牌子的生抽?程箐没好气地回答,你不知道问老板别人一般买什么?这种事还要教。李海娜立刻回嘴,你告诉我不是快一点吗。没等她说完,程箐先挂掉了电话。

她走向客厅,解下围裙扔在餐桌边的椅子上,手仍然疼得厉害。她返身回到厨房,倒一盆凉水,把满勺盐放进去搅动开,坐到了沙发上。手上的疼痛立刻被冰凉的盐水压住,她呼了一口气,朝电视的方向无神地坐着。高压锅在厨房发出咻咻的声响,电视机里只出现画面没有声音。遥控器在她的身边放着,她放空地看着屏幕。一个圆脸的女演员戴着夸张的发箍坐在工位上,眉头紧皱地处理工作。经理办公室的百叶窗后,男演员望着女主角的背影,眼睛像一颗无用的玻璃珠,除了瞪人,看不出丝毫情感。她移开视线，往门边那架盖着黑色防尘布的大钢琴望去，几封保险公司的信件被她随手放在上面，许久无人问津，显得格外落寞。她突然想起，前两天在研究李海娜老师发来的国外语言学校网站时，收到了一封私人邮件，但当时忙着与老师沟通，就忘记了这回事。

她猛然起身，抽出茶几上的纸，使劲擦干手，走进自己的房间。戴上桌边的眼镜，在未读邮件里瞬间找到了彭文君的名字。她顿了一下，又再次看了一眼发件人。

彭文君在邮件里简单地问候了她和父母，说他过几天要到鹤岭这边办些事情，暗示希望能和她见一面。邮件最后留下了他现在的号码。她看了一眼今天的日期，突然意识到他或许已经在鹤岭了。门外传来开锁的声音，她心里微微一颤，回头望了一眼房间的门把手。犹豫一会儿，把电话保存下来，关掉了电脑。她有些急迫地走出房间，顺带关上了门。李海娜穿着印有国际学校校徽的蓝色校服懒散地走了进来。把鞋摆好，说了多少遍了，像什么样子。李海娜撇一下嘴，再次弯腰提起那双被称为"贝壳头"的女款运动鞋，这是李海娜去年过十四岁生日时收到的礼物。除去球鞋，李志还送给李海娜一个平板电脑。程箐皱起眉头，看着李海娜不情愿地把运动鞋放到了鞋架最上层。李海娜有一只与程箐相似的鼻子，山根不高但侧面翘起。程箐看着她，难以察觉地叹了口气。饭做好了，自己去装。

还有,去把汤倒出来。李海娜放下书包,拉出一个漫长的"噢",发质粗硬的头发扎成一个极粗的马尾,在背后晃荡着。好好说话。程箐又教训道。李海娜不理会她,赶紧走进厨房。程箐也走过去把盐水倒去了洗手池。

你刚干什么了?李海娜舀起一勺鸡汤,头也不抬地坐在餐桌对面问她。程箐顿一下,立刻说工作上的事。李海娜抬起头,困惑地望着她说道,什么工作,我是问你的手。程箐这才反应过来,耳根有些发烫。火烤的感觉又渐渐恢复。看到自己的手掌依然呈现明显的红色,程箐的眉皱得更深,脸上的雀斑显现出来,闷躁的情绪结成一块石头堵在她的胸口。她抬眼,不耐烦地瞪了一眼李海娜,还不是做饭做的。李海娜耸肩,做出一个鬼脸,不再说话。

程箐是鹤岭镇人。鹤岭镇,乍一听像个世外桃源,实际上满地都是穿金戴银的矿老板,日夜兼程地开采锰矿石,听说那是一种珍贵的战略物资。鹤岭镇的主街,两三个铺子后,就有一铺五金建材店的大门敞开。白天不开灯,从远处看,黑漆漆的一片。凑近看,地上铺着,架子上放着,都是圆柱形的钢管,直径不一,满满当当地整齐罗列。

夏天,蝉鸣像发电机一样躁动喧哗,五金店的门口蹲着一两个赤着上身留板寸头的男人,不时和路过的熟人打个招呼。他们打招呼的方式很随意,朝对方抬起下巴,眯起眼睛,嘴里"嘿"一声,要么干脆不说话。等熟人递来一支烟,他们便自然地接过,别在耳朵上,嘻嘻哈哈地说起荤话。程箐还是孩子的时候,和父亲出门,路过那些成堆的五金店,总是不得已地停住。因为五金店的孩子们都是父亲的学生。店门口的男人给父亲递烟,拿出自家腌的腊肉,父亲总是干脆地拒绝,拒绝不了的时候就说谢谢,喝口茶就好。大人们闲聊的间隙,程箐会走进五金店里面乘凉。小时候她喜欢踩到铺在水泥地面的钢管上,小心翼翼地使钢管滚动起来。彭文君和父亲路过时,总是发生一样的情形。于是彭文君便也跑进五金店里,安静地待在一旁,看着她的脚在钢管上游戏。

锰矿资源几乎成为了大部分鹤岭人的生活来源,后来,不论是外地人还是本地人,都直接管鹤岭叫锰矿。久而久之,鹤岭这个名字消失了。但程箐家不一样,程箐父亲是镇上唯一一所中学的语文老师,他不称鹤岭为锰矿。每当有人问她是哪里人,她总回答,鹤岭。鹤岭在哪里?她沉默一会儿,却发现鹤岭没有其他可说之物,只能不耐烦地回答,就是有锰矿那里。噢,那里呀,人们一副了然于胸的神情。如果彭文君在她身边,他就会立刻补充道,鹤岭在古代是指仙人住所的意思。人们就又对他们点点头。

程箐家在镇的南面,彭文君家在市镇交界的北边。南面有一条河,河岸两边各种着一排杞柳。夏季闷热,镇上许多人，大部分是年轻小伙子，都跑到河里来游泳。他们成群结队，露着平坦的小腹，像一条条滑泥鳅，钻到水里就不见了人影。她打开房间窗户时，他们的脑袋一个一个冒上来，成了吐泡的鱼。

彭文君是唯一不下水的人，每次他都待在河岸上，要么低着头看书，要么平静地望着河面。

夜晚的河边静悄，风从河岸吹过来，温热、舒缓，带着河边植物与水的气味。程箐走在前面，彭文君和她隔着一个人的距离。不一会儿，她停下脚步，往河边走。他鼓起勇气问她，去干什么？她不说话，捡起一块黑色的石头，突然用力掷向河面。石头沉入水中，涟漪在平静的河面荡开，几只鸟扑腾着翅膀从芦苇丛里飞走，闯入一片寂静的黑。她回头对他笑，要丢吗。他犹豫一会儿，使劲摇摇头，扶一下眼镜，不好意思地朝她笑笑。月亮在远处，沉静地落在云里。她耸肩，抬起头，墨绿的夜一片寂静。他的视线也跟着她向上望。忽然，不远的地方传来两声狗吠，出现窸窣的响声，似乎有人朝这边来了。她牵起他的手，下意识地走进旁边的芦苇丛。一辆三轮车从拐角里出来，晃悠悠地路过，他们的身影被高高的芦苇盖住。水缓慢地流过，银色的波光在河面闪动。她也不知道自己为什么要拉着他躲进来。她轻轻地问，是谁？他挠挠自己的脑袋，说道，看不清楚。两个人沉默一会儿，她蹲下来，并不看他的脸。你在看什么书？她问他。什么？他问。白天，白天你坐在那。她指着芦苇丛。哦，没什么……他吞吐着，扶了一下眼镜。不好说？她笑起来。你为什么来河边又不下水？他的耳朵迅速红了，急忙说，我……我妈说这儿的河水不干净。噢。

彭文君和父母后来在一个夏天离开了鹤岭。

小镇的时间像南面那条平静的河水，难以察觉地流逝到遥远的地方。介绍人渐渐地常来程箐家做客。嫂子，我和你说，他们家离这不远，也是鹤岭的……来当说客的中年女人眉飞色舞地讲着，茶几上放着她替人带来的两条香烟和一篮鸡蛋。到后面介绍人压低了声调，像在说什么不可告人的秘密。

程箐关着房门。等媒人出去后，她打开衣柜，静立良久，终于拿出一条淡蓝色的长裙。米色的帘落下，房间像裹上了一层驴打滚的黄豆粉。她换好裙子，站在穿衣镜前看着自己。她的身量小，肤色白皙，淡蓝色更衬出她的气质。她对着镜子微笑，检查完裙边的褶皱，才打着伞往外去。

她骑着单车绕到北面主街的商店前。店老板的后脑勺对着街道，正站在柜台里上架烟酒，青皮脑袋连着后脖子的地方挤出两道像香肠的厚褶皱。程箐喊一声叔，熟练地从柜台右边拿上一张信封。那时程箐随着时髦交了一个笔友，是一个上海女孩，年纪相仿，都刚大学毕业。每个月她们按时给对方寄上一封信。程箐称自己是鹤箐，而对面的女孩每次署名只有一个符号 ∞。上个月上海女孩向她倾诉自己的情感经历，模糊地吐露自己可能要结婚了，这也许是她们最后的一封信。于是程箐决定也给她回一封长信。在信里她提到了彭文君。

老板娘掀开后门的布帘，穿着一身黑的绸料子走进来。看到程箐，她矫作地挽起她胳膊，眼珠子上下打量了一番。我们的才女来了。程箐喊了一声吴姨。找对象没有哟？还没有啊，那要抓紧，我们程老师该着急了。要不要给我当儿媳啊，她指着自己儿子，正好你俩还是中学同学。妈！别开玩笑了，面呢！她儿子叫起来，不好意思地朝程箐望了望。老板娘的儿子在锰矿国营厂做工，她记得他的外号叫老丁头。中学时他的两鬓便发了白，像一个小老头。那时候彭文君和他常常同路回家，她和他打过几回照面但没说过话。她有些反感老板娘的话，只礼貌地朝中学同学露出无奈的笑，就不再搭腔。老板娘的儿子转过身在后面的小桌子上吃面，发出吸溜的响声。

老板娘坐在门口的矮椅上嗑起了瓜子。过一会儿两三个买完菜回来的女人路过，停下和老板娘攀谈起来。昨天手气怎么样？不好不坏。那你发财。不一会儿，她们朝程

燃烧的月亮　　141

箐的方向望，好奇地问，这是哪个家里的？老板娘吐出瓜子壳，说，程老师的女儿。他们家养女儿养得好呢。人家有文化。还没结婚？一个脸上有小块红斑的女人边打量边问。另一个穿黑花裙的女人撅起嘴，细声说，你不看看人家什么条件。条件好有什么用，过几年更不好找了。老板娘转身瞄程箐一眼，她装作没有听见，在信封上虚画几笔。

女人们围成一个圈，一个刚刚没有说话的女人突然说道，前两天，彭师傅回来了一趟。老板娘一时想不起人，问道，哪个彭师傅？就我邻居啊，后面搬走了。噢！以前镇里组委办的彭岳。老板娘拍起手，早几年我听说他儿子也当上公务员了。说完她叹口气，似有所指地感慨道，人家的儿子都争气。程箐听见，不觉心里一震。她走到女人们身边的冰柜旁，向老板喊道，老板，我再选支冰棍。老板娘望她一眼，继续问女人，他一个人回来的吗，他老婆和崽。女人立刻接话，他崽，听说都准备结婚了。听老彭说，找到一个长租户，好像是个独居的，一次性租好几年。老彭不打算直接卖掉？穿黑花裙的女人插话道，老彭精着呢，要是我我也不卖。不晓得，反正这次回来就是为签什么协议。老板娘点头，也能收到笔不小的钱了。结婚要这个啦，女人做出一个手势，大家都默契地点头笑了。听说女方也是大学生。那蛮般配呢……老板拿起信封，问程箐，一起给吗？程箐这才胡乱从冰柜抓起一支。她走向柜台，低着头问，一起多少钱。八毛。她放下一元硬币，逃似的出了商店。

她推着车，摇晃着往家中走，不知道究竟走了多久。午后的阳光落到鹤岭的街面上，河边的芦苇在热浪中晃荡。雪糕在单车前的篮子里逐渐融化，糖水滴下来，落到地面，几秒钟后就被太阳蒸发，仿佛没有存在过。

李志就是这个时候出现的。程箐踏进约定的餐馆时，媒人正皱着眉头往门口张望。看到程箐进门，媒人似乎松了一口气，赶忙迎上来拉着她的手，把她摁到了座位上。那我就先走了，你们聊。说着媒人退了两步，转身往门口和老板打了个招呼，掀开帘子去了。他们有些拘谨地介绍了自己。她往四处望，餐桌的左手边放了一个透明花瓶，里面插着一朵塑料的红玫瑰。他坐在对面，肩膀有些耸。他突然对她说，我给你倒杯水！说着起身拿起壶。刚一坐下，他挥起手喊老板。当时老板不在，厅堂里唯一的服务员也忙活着给另一桌点菜。他有些窘地笑起来，说道，我还是给你去拿瓶矿泉水吧，茶太烫了，你刚从外面来……见他忙里忙外，她忍不住笑了。不用麻烦了，天这么热，喝点茶水降火。他这才安心坐回座位，也跟着她笑了。两人之间沉默片刻，她反而轻松起来，她悄悄观察起李志的样子，五官还算端正，头发又黑又密，只是鬓角剃得太多，有些流氓气。她本不打算来见他，那天，因为去外地工作的事情和父亲闹了矛盾，才赌气答应了媒人。她低下头，往碗中倒下热水，瓷勺随着手在碗中搅动，发出清脆的细响。李志看过来，也向碗里倒水。这时，老板端来了第一道菜。粉色的藕片沉没在汤里，葱末浮在上面，散发阵阵油香。老板热情地朝他们笑了笑，吃好。程箐说了一声谢谢。

菜陆续端了上来，夏季白昼长，窗外的天露出淡蓝色，店外已经支起了棚帐和桌椅。小龙虾一盆盆摆到外边。两人都渐渐停下了筷子，鱼火锅在中间独自发出欢腾的咕噜声响。李志关掉火锅，旁边桌的人忽然全部沸腾起来，似乎是在给谁过生日。程箐往旁边看去，每人手里都举着一杯啤酒，热闹地往别人的酒杯碰去。李志又突然地向程箐发了问。你过生日喜欢人多还是人少。她转过头，顿了一下，脸上的情绪淡淡的，似乎在认真思考。人少点好。他若有所思地点点头。你呢，程箐又问李志。李志说，我也觉得人少好，安静。说完他摸了摸自己的脖子，憨厚地笑起来。

吃完饭，走在回程箐家的路上，李志从兜里拿出一个白塑料袋，里面放着几包分好的小药袋。刚下过一场短暂的雨，草药的清苦味儿融在夏夜潮闷的空气里，倒有些清新。他说，我去店里的时候听吴姨讲，你上班很远，一周才回来一次。这个是祛湿茶,现在天气热,你带去喝吧。她惊讶地看着他,你还知道这些东西。他露出两颗虎牙,说道,我看我姐她们都泡这些,说还能减肥。

两人结婚后的第二年,搬到了鹤岭市区。李志依然在五金建材店送货,但他学东西快,跑的地方多了,肚子里逐渐攒了一本生意经。程箐和李志商量,一直在建材店忙活不如自己单独出来干,前期虽然辛苦,但现在形势好,许多人都积攒资本创业。于是两个人决定好,就拿出各自的积蓄进了一小批货。不久她辞去市里的工作,陪着李志四处揽业务。有时在办公室等一天,吃饭、送礼,最后依然签不上单。好不容易签上单,又要忙着催款,跟进项目。在单位做了几年会计,程箐做事情很有条理,嘴上也会说,帮李志拿下来几个大单。等李海娜出生时,建材店的陈老板和他两人合资把工厂办了起来,生意有了很大起色。

有一年,李志开着新买的车,带程箐和李海娜回了一趟镇上。李志姨妈的儿子刚刚结婚,见李志要回来,便让亲戚们都到新家来聚一聚。开饭前围坐在沙发聊天,程箐把李海娜叫到跟前,整了整她衣领上的蝴蝶结。李志的姐姐看到,笑着说,弟妹养女儿还是细致,不像我们家的,我随便他野到哪里去。坐在李玲旁边的男孩手抓着柑橘,汁水沿着下巴滴到衣服上。程箐瞥一眼,什么话也没说。

亲戚们逐渐来齐，见李志到了，都打趣他，李总终于肯回乡了。说完众人大笑。李海娜跟着几个亲戚的小孩在新娘房里玩儿，李志的姨妈走过来，笑眯眯地对他们说，要不要玩蹦蹦床？要！孩子们异口同声，几个男孩率先蹦跳着爬上床，在上边滚来滚去。李志的姨妈满面笑容，等李海娜准备爬上去，她却突然拦住了李海娜。小姑娘不要上去。说着她把李海娜推开，让她去别的地方玩。

菜肴上了桌，几个兄弟非让李志坐平辈中间，李志笑着推脱，最后只得倒了满杯啤酒站起来。那我先干为敬，祝各位都发财。说着满桌的人都站了，碰杯的声音接续不断，只有程箐默不作声地坐着，只给自己和李海娜夹菜。

饭后各家都散去，走到楼下，李志的姐姐喊住李志。程箐对李志说，把车钥匙给我，娜娜累了，我先带她去车里。李志看了程箐一眼，从裤口袋掏出了钥匙。程箐坐到副驾驶位上，打开车窗，后视镜里，李志背对着，李玲不知道又在说些什么。她往马路对面望去，几家五金店依然盘踞在街边，黑漆漆的一片。她深深吸了一口气，关掉了车窗。

饭桌上，李志的姨妈问李志，什么时候再生一个，众人调笑起来，说李志再生两个都能养。李志脸上泛着油光，头发留长了一些，乐呵地笑。堂哥给他敬酒，他连忙挡回去，说等下要开车。程箐夹了一些青菜放到李海娜碗里，冷不丁地说，我没这个想法。餐桌上无人接话。李志低着头，眉头蹙起成一个川字，转动着手中的酒杯。一时众人脸上都有些难看。一阵沉默后，有人讲起老区准备拆迁的事，才敷衍着过了这个话头。

李志打开车门，刚系上安全带，程箐对着窗外轻声说，我和娜娜今天回我家。李志沉默一会儿，先把车开出了小区的门。你又怎么了？他问。她转过头，车里弥漫着一点烟味。她皱起眉，说道，你不知道？他沉默一秒，姨妈就是有点迷信……那你姐呢？不也明里暗里地催你，还说是你爸的意思。他深吸了一口气，说道，那你在亲戚面前讲这些有什么意思。她望着前面，冷硬地说，走河边。他啧一声关掉车窗，用力按了两下车喇叭，踩下油门超过了前面两台车。

那之后，程箐不再和李志一起回锰矿，也不许他带李海娜回去。

大概过了两个月，程箐在家里接到一个电话，显示是李志打来的。她看了一眼时间，晚上十点多。丝丝的细小声响从电话那头传来，她表情平静地坐到沙发上，一只手拿着银色的小勺继续搅动着花茶。保姆带着李海娜在楼上的房间睡觉。喂……电话那头传来试探的女声，搅动花茶的手顿停一下。程箐深深吸了一口气，依然没有出声。焦灼在电话两端来回传递，最终对方挂掉了电话。

那天晚上,李志从外面回来,重重地敲响家里的门。李海娜已经熟睡,程箐坐在棕色的漆皮沙发上,没有开灯。窗帘打开着,客厅飘窗上放着许多玩具,摇摇木马和一堆从夹娃娃店里带回的劣质玩偶。周末的时候李海娜很喜欢让李志带她去夹娃娃,李志只要有时间就会陪她去。程箐缓缓起身,走到门前,刚摁下门把手,李志满身酒气地冲了进来,吓了她一跳。他直接坐到了餐桌旁的椅子上,鞋也没换。喝这么多酒,谁送你回来的?她沉着脸问。他给自己倒了一杯水,沉默半晌,才抬起眼回答,陈老板送的。今天是哪几个人?你不认识。说着他起身要往楼上走。他看着她从自己身边走过,喊道,去把你的衣服换掉。他踩着皮鞋继续往楼上走,木质楼梯发出吱的响声,缓慢而顽固。李志!他停住了脚步。听见没有,把衣服换掉,洗了澡再上床。他转过身,看到她皱着眉头。他抹了两把脸,突然怒吼起来,你想怎么样!啊!你想怎么样啊!她站在楼下,呼吸变得急促,她不断吸着气,一只手攥成了拳头,身体微微发抖。你现在是什么意思?你不怕吵醒娜娜吗。她尽量让自己的声音平稳。他惩罚似的往自己的头上打了一拳,又走下楼来,晃荡着往窗户边走。我什么意思?我能有什么意思。不是每次都是你吗!他转过身,把西装外套往地上扔去。她吸着气,抹掉落下的泪水,不再说话。他蹬掉一只皮鞋,像一条被抛上岸的鱼,瘫倒在沙发上,酒精让他的眼睛布满血丝。她缓缓走过去，坐到那张结婚时买的贵妃躺椅上，随意盘的头发飘下来几缕，眼圈下带着青色。客厅依然没有开灯，黑与焦灼长久地在这个夜晚蔓延。

程箐打开李海娜房门，瞥了一眼空调温度，看到她已经睡下，轻轻退了出来。走进自己房间，在电脑前坐了一会儿，再次打开了彭文君的邮件。距离收到的时间已经过去三天。她拿起旁边的手机，出神地看着联系人的界面。窗外的黑逐渐浓重，隐隐裹着一团雾，脑海里不断重复着鹤岭和过去发生的事情。不知道过了多久，手机突然响了起来，她回过神，心骤然收紧。屏幕上显示的是彭文君的新号码，她下午才存下的。她有些惊讶，下意识看向了门，犹豫地按下了接通键。喂，是程箐吗？嗯……哪位？电脑屏幕在黑暗中发出蓝光，她盯着回收站里他的邮件。这么晚，真是打扰了，那个……我是彭文君，你有印象吗？她沉默一会儿，小声地回答，记得。彭文君似乎松了一口气，笑了笑，说，这么晚了，你还没睡？你有什么事吗，她的语气淡淡的，尽量保持着冷漠。或许有些受挫，电话那头出现了不明显的杂音。那个，是这样，我最近回鹤岭这边了。两人又沉默一会儿，他才接着说，我想回鹤岭镇上一趟，你还住那边吗？她没有回答。他只能继续说，老家房子要拆迁了，我爸年纪大了，不方便回来。所以……我不太熟悉这边的人，想找你帮忙……她听完，喉咙里发出含混的"嗯"声，表示她明白他的意思了。他的声音此时变得更加紧张。如果不方便的话……那就算了。电话里沉默良久。当他正要准备说再见，她突然说，可以，什么时候？电话那头的声音瞬时变得上扬起来，那……明天周六了，行吗，到时候我请你吃饭。

她挂了电话。他们约好第二天到市中心见。

车停在一幢写字楼的门口，和她定位的地方相隔一条马路。彭文君已经坐在对面百货的咖啡店里等她。她刚走过马路，他就从窗边的位置站起身，确认是她后，便挥起手。他们一起走到百货商场的B座电梯，他按下21层。她穿着一件淡蓝色的织衫，下身搭配牛仔裤和米色高跟鞋，头发稍微打理过，服帖而整齐。欢迎光临海恋，祝您今晚用餐愉快。站在门口的服务员作出往前走的手势。他走在前面，蓝色的波光在餐厅的各处若隐若现，中央的玻璃台上放着一架自动弹奏的钢琴。她一眼认出，这是一架斯威特。李海娜小学时，她买过一架，甚至请了家教。但李海娜练一会儿就哭起来，挨了几次骂，李志一回来李海娜就躲到他怀里。最后小学毕业，李海娜的钢琴也才过了四级。现在钢琴只能搁在角落里落灰。

男服务生将他们领到了离钢琴隔着两张小桌的小包厢。彭文君问程箐，这里可以吗？她点点头，没说话。这时服务生走过来给他们倒水。她说了声谢谢。他低头看着菜单，一套黑色的正装，有些紧。她一边和他说话，一边不自觉地把眼前的人与中学时作对比。似乎比印象里胖了很多，但眼镜让他看起来还是那样温和。这么多年过去了，人总是会有变化，比如在说话时，他总是会摸一摸他那块看起来有些旧的手表。

两人选菜，彭文君总是先问程箐的意见，这忽然让她有些不适应。当年跑业务，她和李志顾及的是客户。等有了李海娜，李志便总想着孩子爱吃什么。每年她的生日，也成了生意的交际场，高级包厢里两桌人，亲戚朋友和重要的客户家属，一盘盘的冷碟开胃，鱼虾鸡鸭，她实际上也不爱吃。她只能说都可以。他笑，这可不好办，一般出门我不负责点菜。她带着玩笑的语气，试探地说，家里有人做主还不好。他沉默一会儿，笑容慢慢有些僵滞。两只手放到了桌子上，握在一起，交叉又放松，想要说什么却又似乎有些痛苦。她心里有了猜想，便转移了话题。两人之间沉默片刻，他低下头，说道，我离婚了。一年前离的。她顿一下，本想开口，他先做出释然的样子，摊开两只手笑了笑，说道，我点了几样推荐菜，等下你尝尝。她一时心情有些复杂，便没有给出什么回应，只淡淡地说都行。

燃烧的月亮　　151

怎么现在都行了,以前当班长的时候说的最多的不是"不可以"吗。她恍惚一下。"班长"这个名号太久远,她结婚以后就不怎么去参加鹤岭的同学聚会了。当时两人同班,但他中途转学走了,她只模糊地听说他去了上海。见他打趣自己,她也不客气起来,你倒是变了不少,夹枪带棒的,以前问你话,和老驴推磨似的,半天压不瘪一个豆。彭文君大笑起来,我收回刚才的话,你一点没变。程箐低着头笑。他接着说,这些年我都在上海,很少和中学同学联系了。你一次也没回来过?是啊,当时转学是因为我爸妈工作调动,后来他们退休我工作了,就一直待在上海了。噢,是这样。她若有所思地低下头。他问,怎么了?她说,没事,想起以前我和一个上海女孩做过笔友,她……这时他的手机响了起来,两个人的视线都往屏幕看去。他站起身,指了指手机。她点头,他一边接起,一边往外走。

回来后,彭文君似乎还有些烦躁,手指下意识地点着桌面。看得出在她面前他尽量克制着,不时对她微笑,但回短信时依然没忍住发出了轻微的喷声。两人沉默一会儿,他放下手机,又恢复了自然的样子。他问起她这些年的生活,她只好避重就轻地讲起了李海娜。她现在读初二的国际班,明年下半年就要出国了。他突然有些感兴趣,前倾着听她讲话。出国?不在国内高考。她不避讳地说,她成绩不好,只能出国。他若有所思地点点头,也是条路。那决定去哪里了吗？还没有，在和她老师商量。你想把她送去哪？日本现在是最理想的，欧洲有些困难。她坦诚地说。那她自己有什么想法没？她想法就是太多了。说完她无奈地笑了笑。他也笑，还是个孩子，不过养孩子确实挺费精神。她赞成地望着他。他低下头，突然补充道，我没有孩子。她一顿，不知道该说什么。服务生刚好端来了一份三文鱼沙拉。他替她夹起一块，她刚想说自己来就好，他就直接放到了她盘子里。你不爱蘸芥末。她有些惊讶地说，你怎么知道？他有些得意，说，细心观察。她愣一下，愉快地大笑起来。

彭文君把她带上车，程箐看到牌照是鹤岭市区的，有些好奇。他系好安全带，准备伸手过来帮她按进去。她马上说，我自己来。他没说话，只笑了笑。你猜这台车是谁的。谁的？不猜一下吗？她无奈又好笑地看着他。老丁的，你的电话就是他给我的。老丁？她努力回想这个名字。噢，是那个少白头，吴姨的儿子。他点点头，说，去年他爸去世，他继承他爸原来那个商店，卖掉了。那吴姨呢。听他说老太太每天混迹麻将馆。她想起那个午后，打开了车窗。他看她一眼，继续说，他现在混得不错，全国各地飞。她转回头，隐约有听说，你和他们联系多吗？他想了想，也不多，只是去年上海开了个同乡会，老丁也在，就聊了聊。

燃烧的月亮

也聊起我了？他笑，嗯。

把她送到单元楼下他就走了，似乎还有什么急事。她坐到沙发上，在一片安静的黑里，倦意漫上来，像夜晚海边的潮浪，带着一些轻盈。进出电梯的时候，他总是先用手挡住门，让她走在前面。在餐厅的时候，也总是征求她的意见。她又想起了鹤岭的那个晚上。看完月亮，他跟在她后面，把她送回了家。两个人互相道了晚安，他把纸条塞到她的手里，便跑走了。

如果彭文君留在了鹤岭，事情会不会不一样？如果一开始能够选择和他在一起，她的生活会是怎样的？他会是一个温和沉稳的丈夫吧。她做饭的时候，他会帮她摆好碗筷。在餐桌上，他会对她说辛苦了，然后两个人开始讨论明天的午餐。他还会成为一个负责任的父亲（是的，他一定会），孩子们会去上双语幼儿园，学习钢琴、绘画。即使他很忙，他也会抽出时间来陪自己和女儿，带着孩子和她一起去野营或者旅行。他是家里的独子，那她也不用花费精力处理难看的妯娌关系。况且，他父母都是有文化的人，明事理，懂得分寸，不会让孩子们为难。他们会把最好的一切都给自己的孙辈，而她也不用过得这样困顿。窗外渐渐黑了下来，她闭着眼睛，不可遏制地陷入了一种轻快、甜蜜的情绪。

客厅的灯突然亮了起来，她吓了一跳。李海娜关上门，问她，你怎么坐这？还不开灯。她望着李海娜的脸，和李志一模一样的眼睛正望着她。她皱起眉头，说，回来这么晚，你明天还上不上课？李海娜被程箐突然的怒气吓到，低下头没说话。她往墙上的钟望去，发现已近晚上九点。快点去洗澡，几点了。是你读书还是我读书。李海娜依然低着头。客厅的空气有些凝滞，突然，李海娜走过来，把书包摔到了沙发上。你什么意思！她喊道。李海娜瞥她一眼，眼睛微红，冲进自己的房间。闷重的响声像打在她脸上，李海娜在房间喊道，你不喜欢我你直说！那一瞬间，她的心又沉重起来，隐隐地刺痛。内心的隐秘像一个膨胀的气球，被眼前的李海娜一把刺破。

那天晚上，李海娜没有再出房门。她独自在客厅伫立良久，餐桌的白灯有些晃眼，她想起今天是李海娜去补习数学的日子。她缓慢走近李海娜的房门，敲门的瞬间又收回了手。她竟然有些害怕了。她回了房间，坐在自己的床上，羞愧、后悔的心情慢慢涌上来。自己或许不应该去和彭文君见面的。

这时，手机上传来彭文君的信息，问她休息没有。他说今天见到许久未见的同学，久违地感到轻松，他还会在这边待一阵子，希望可以再见面。她看着信息，思绪不自觉地飘到刚才，他侧过身，想要帮她系安全带，他们的距离越来越近，衣料摩擦到了一起，发出细小的声响。等她反应过来，心中一惊，立刻关掉了手机，没有再回消息。

程箐和彭文君第二次见面，去了海恋楼上的酒店。

他落在她的身上，她陷入了一片云里。他的手慢慢抚上来，先很轻，有些粗糙，像那天晚上蹲在芦苇丛，草划过她小腿的痒。她晃荡着，晃荡着，窗外的月亮隐约显出轮廓，影影绰绰，像那个夏季夜晚河边的倒影。天花板的白融化了，像白色的熔浆，涌进她的眼睛，她的心，她的全身。渐渐她有些看不清楚。他细软的头发不停地挠着她的下巴，不知道过了多久，突然，她闭上眼睛，紧紧地抱住了彭文君。她看到黑色的石头落到水中，河面荡开涟漪，急促的呼吸声充斥在耳边，他们也一起沉入了水里。

结婚前两年，程箐觉得日子是充实而向上的。但最后，她却时常觉得自己在面对一堵没有出口的墙。白天，夜晚，她坐在客厅，躺在床上，都是一样的重复。她弄不明白，自己到底怎么了，但醒来时却又过着和昨天一样的生活。李志他却永远在外面。

接到李志手机打来电话的那天晚上，她拿出了证据。李志痛苦地垂下头。她冷冷地问他，她犯了什么样的错，他需要用这种方式报复。他焦躁、彷徨地用两只手抹着脸，而他最后的话像一场海啸，淹没了她最后的念想。他说，有些情感是控制不住的，和她没有关系。她把娃娃全部从窗台扔了出去。她对着李志发出刺耳的声音，插着洋甘菊的玻璃瓶摔在地上，迸裂开来。

当李志还想挽留时，程箐牵着李海娜走出律所的门。李海娜的抚养权归给了程箐，同时还有现在鹤岭市区的这套房。

彭文君躺在她身边，问她，愿不愿意和他回一趟上海。她沉默着转过身，视线盯着酒店桌子上的玻璃花瓶，有些心不在焉。他从背后轻轻抱住她，我是想带你去玩几天，带你散散心。

把放暑假的李海娜送到了鹤岭镇上的父母家，程箐独自去了上海。下了飞机，她提着好几年前时髦的挂锁款行李箱走到出口，一眼就找到了彭文君。她淡淡地笑了起来，他自然地接过她的包，看了一眼行李箱的品牌标志。这是和李志结婚之后买的，当时一个要两万多块。两人上了一辆机场的出租。他穿着一件浅蓝色的衬衫，西装裤下一双普通的黑棕皮鞋。他转过头，微笑着问她，想吃什么。走出机场的那一刻，她心里确实非常兴奋。她往窗外望去，车正经过世博会的中国馆。她和李志带着李海娜来过，当时他们买了小板凳，排了三个小时的队。但现在，她只能想到和彭文君在一起的事情。夜晚在外滩边散步，坐着邮轮渡过黄浦江。汽笛发出低沉的鸣响，像在水面上缓行的大象。程箐对彭文君说出这句话,彭文君拿起手边的酒,笑着说,这个比喻挺有意思。她低下头,笑起来,这不是我想的。那是谁?我在鹤岭的时候和一个上海女孩通过信。嗯,你说过,那时候流行这个。他想了想,说你现在还和她有联系吗?她顿了一下,说,没有。她想起,在那封聊到她和彭文君的信后,她离开了鹤岭,去了外地上班,对方也没有再寄信来。

那天在海恋酒店,程箐问他,你为什么离婚?彭文君仰躺着,模糊地说,年轻的时候太自大,总以为能改变别人。但结果却是越来越糟。她想到她和李志,但真的会有天生合适的人吗?她对彭文君的话持着怀疑。但她还是想要开始一段新的生活。

李海娜打电话来的时候,她已经在上海待了两个月,李志不得不回去帮李海娜搬行李回学校。李海娜选择了去日本留学,而李志答应她会出这笔钱。李海娜在电话里问她,什么时候回家。她有些不耐烦,对李海娜说,你已经很大了,不要管我,管好自己。说完她有些过意不去,又安慰李海娜,过段时间,很快就回来。

这一过便是半年,李海娜出国的时候程箐回了一趟她和李海娜的家。之后彭文君在自己家里向程箐求了婚。他们办了两桌酒,彭文君的同事和朋友坐在席上,酒杯不停地向程箐凑过来,她露出盛满光彩的笑容回馈宾客。每当这时他便会侧过身，视线在宾客和她之间来回，她知道，这个时候他正借着这些人的眼光审视着自己。他喝了酒，露出几分得意的笑。她往四周望去，都是陌生的面孔。老丁也来了，她心里突然有了一丝安慰，但他敬完酒，便只安静地坐着。她这才发现他是一个沉默的人。这时众人开始起哄，他望着她，笑起来亲了她的额头。去民政局领完证，他便陪着程箐从她和李海娜的家搬来了所有东西，却留下了钢琴。

彭文君对她像开始一样，似乎温和体贴。一年之后，她生下安安，他们的女儿。彭文君的父母从老房子搬到了儿子家，五口人，住在五十平米的房内。那天，程箐做好全家人的饭，彭文君小心地问她，你要不要出去找一份工作？程箐顿了一下，彭文君正准备继续说什么，程箐便说知道了。

李海娜第一年放假回国的时候，程箐让她到上海来住两天。彭文君请李海娜吃了一顿饭。李海娜坐在一边，程箐和彭文君坐在另一边。彭文君时不时向李海娜抛出问题，你在日本还习惯吗？打算回国吗？李海娜只随意地回答，眼睛看着程箐。

这就是你想要的生活吗，李海娜问她。程箐没有说话。良久，她只说，你还小，你不懂，一个人是很孤单的。

李海娜说，你把我一个人丢在房子里的时候，说我已经很大了。

夜晚，李海娜回了酒店。程箐走到窗边，安安和彭文君睡在床上。李海娜告诉她，李志再婚了。她往外看去，这栋楼房被周围发光的大厦挡住，每天能看见的只有弄堂里来往的人群和对面矮小的窗户。她深吸了一口气，转身往床上望去，彭文君的手机亮了起来，她慢慢走过去，打开了那条微信消息。是他前妻，彭文君没有过多谈起过她，只听说是上海本地人，在做文字编辑的工作。上次的聊天记录还停留在他们离婚的时候。前妻说，我生不了孩子，既然你妈非让我们离，那就离吧。彭文君过了一天才回复她，听你的。最新的一条，前妻问他睡了没。程箐沉默半晌，面无表情关掉手机，放回了原处。

那天晚上，她做了一个梦。她梦见了鹤岭的那条河。自己站在河边，周围一片黑暗，她看不见家，看不见对岸，只能隐隐约约听见流水的声音。她有些害怕，喊着父母的名字，却无人答应。月亮跳跃着从矿山公园升上了夜空，周围豁然明亮起来。风摇摆着吹过来，两岸的杞柳沙沙作响。一个男人的身影出现在水面上，他向程箐走来，一会儿是彭文君的脸，一会儿是李志。他们都是年轻的样子。程箐在梦里突然好奇自己的脸，她往水中望去，却看不清楚。突然，月亮的颜色起了变化，樱红色，然后是绯红的颜色，渐渐地侵染整个月亮。月亮燃烧起来了。越来越近，跨过山，跨过河，在程箐眼前将芦苇丛变成了一片火光，接着是杞柳，是房屋。男人不见了踪影，红映在程箐的眼睛上，月亮就这样一直燃烧着，燃烧着……

愿长生

方馨

一

厕所的镜子大抵是死了许久，骸骨风干于墙上，无人为它入殓。在谁也不知晓的某个时刻，镜面被环形山耸立的月球侵犯，砸满了黄锈色尸斑。人从镜子里看自己，现实的纬度便和这佯装现实的纬度交媾在一起。昭示不祥的斑纹洇散在人的脸上，一如衰老仿佛会被传染。

脖颈一跳一跳的，犹如藏有一个痉挛着的活物，胎儿于胞衣里翻滚，在血管间逆流而上。于森森咧开嘴，对着镜子低吼着"啊——"，脸皮紧绷到龟裂而嘴角撕出血。直到她看到了被细菌啄食的爬满黑线的牙槽与疲软如同得了阳痿的悬雍垂，直到在那黑洞般的食管里窥到有如早产的孱弱羔羊一样战栗的心脏。于森森低下头，不敢再多看，恐惧啃咬着她，深夜的镜子里仿佛潜藏着鬼魅，人的视线便是香饵。

于森森选择了逃走。逃，是敏感而自知被狩猎的弱小动物的生存本能。逃跑前没有忘记把厕所门牢牢关紧，她对着门把手死命拖拽。这几乎可以称之为对门的凌虐是刻意的，或许是肉体伤痛记忆所带来的强迫行为。于森森的手腕肌肉绷紧，青筋弹射而出，这很麻烦，她需将这些泄露而出粘黏着黄色脂肪的经脉一点点塞回皮肤之下。或许，该向护士站讨一个咬住这一切的创可贴。在于森森的不懈

愿长生　165

战斗下，门与门框严丝合缝锁在一起，她确信，就算是氧气分子也会被捉捕到案，并处以腰斩极刑。

而她确实嗅到了空气里四处逃窜的凄厉的呻吟声。

于森森逃回安全区——一张钢管与防水布通奸生出的，由于物种变异导致骨骼畸形，皮肉凹扁的折叠床。虽说折叠床看着不堪一击，拖拽时却呈现出缠人的重量。钢管与防水布进化亿万年也无法生长出灵魂，因此它们的野种归根到底究竟只是个死物。托举活物与死物的感觉是不一样的，死物总是沉重到异常的地步。由此可见，灵魂的成分大抵和氢气接近，有这么一口"气"，便可让一切变得飘飘然。

于森森的折叠床紧贴着墙面，铺在病号床的脚下。病房里，横摆着的三张病号床几乎吞噬掉整个空间，按照地理位置来说，于森森蜷缩在她的小小据点里，就像栖息在主人床脚下的困犬。这种廉价的安全区自然并不能真的给人带来些许安全。她的屁股刚挨上床面，在三号病床的咿咿唉唉瘫倒着的赵钱菊突然"咻"地弹射起身。于森森听说，一些尸体在被火化的时候，会突然坐起，给人一种诈尸还阳的假象。尽管科学证明这种"诈尸"只是烈火与死亡的肌肉组织所策划的一场恶作剧，然而，赵钱菊作为一个有意识的大活人，她的肌肉每一分律动都绝不是为了开玩笑。

赵钱菊耸着肩膀，背部像绑了块木板一样直挺挺地坐立在床上。她一动不动，只有眼珠子轱辘乱转，颇具有恐怖片里僵尸的风范。赵钱菊爬满眼翳的青蓝色眼珠盯过来，无形的枭的尖爪扼住了于森森的喉咙——你搞莫子咯，没关厕所门呐，把门关上，风好大，冷死，冷死！骨头要冻裂了！

又开始了，简直没完没了。于森森瞥了一眼厕所门，不出意料地关得死紧。赵钱菊的即兴表演式的控诉颇有迷惑性，于森森曾被她的演技欺骗过数次，但仍有一瞬间恍惚地相信了她。

安心哎娭毑，门是关着的，一丁丁点缝都没有嘞。

于森森听到一声嗤笑。赵钱菊的脸上堆积着自诩戳破谎言的嘲讽。赵钱菊咻地飞身下床，几个大跨步扑到了厕所门口，于森森只感到一阵腥风从鼻子前削过。这种强悍的行动力堪比饥肠辘辘猎食的食肉兽类，从这一点来说，于森森对于赵钱菊是钦佩的。几个小时前，鼻子上插着氧气管，胳膊上打着吊瓶的赵钱菊能够突然精神迸发到如此，这或许就是活物身上的"气"所创造的奇迹。

但是，厕所门确实关得死死的，假如赵钱菊能屈尊低下头，便能看到地上尸横遍野的被拦腰扯断的氧分子。

赵钱菊什么也不看，仿佛只是下来散了个步。她搓着脖子又躺回了床上开始了新一轮的哼唧。冷哦，冷。冷得

愿长生

我脑壳疼，脖颈子疼，抬不起也低不下，动也动不了，真是作孽。

也许是你心冷，才觉得冷，心里头有洞，才觉得到处漏风。

这么想时，于森森确实看到她胸前席卷着一个巨大窟窿，如同移植了宇宙的黑洞，任何光的好奇窥探都会被扼杀殆尽。如果把手伸进去，是不是能把她摔在肚底里心给捞出来，这些想法就像失禁的涎水一样即将从嘴里淌出，但是，莫要惹事，一想到外婆的叮嘱，于森森还是用拉链将嘴锁住。于森森只是灌下几大口冷水，试图扑灭肚里的火气。病房的空调开得十分旺，内脏蠕动所积攒的热量正憋在毛孔里，几乎要把这些洞口撑裂开来。

外婆大概是睡着了，她所在的二号床偶尔能传出一丝细小的鼾声。于森森也躺下了。面朝墙，像被戳到腹部的毛虫一样蜷起身体。病房的夜晚来得很早，或许是老人聚集的原因，不到九点钟灯便熄了。然而，人的膀胱是不会睡的，于森森总能在半睡半醒间，听到身旁传来稀稀拉拉的水流声。很多次，只要于森森换个边侧躺，便能看到一个贴在坐便椅上的白屁股。

夜黑的时候，衬托着屁股格外的惨白。四周的昏黑里，白色的屁股挂在于森森眼前，像是一个长满赘肉的发福的月亮。

二

心血管科九号病房里放着三个坐便椅。

坐便椅这种东西，长得像把椅子，实际上也可以当作是椅子。因为是椅子的形状，便可以堂而皇之地摆在明面，靠背与扶手粉饰着使用者的尊严，而不让他们感到丝毫羞耻。

赵钱菊吃药的时候就坐在便椅上，吃饭的时候也坐在便椅上，屙屎屙尿的时候也坐在便椅上。并非病房没有真正的椅子，漆皮剥落，晃晃荡荡的窄小板凳，每个床位都配有一个。这种收纳屁股的逼仄平面坐起来就像坐在垂死之人弥留的吐息上，在很多案例里，它们会被心情烦躁的病人当作碍眼的障碍物，而落得流放到病床底下的命运。这些孤独的凳子藏在角落里，寂寞成灰，如同寡居老人的身体，早已没有另一个人给予他们期冀与爱抚。对于衰老羸弱的病人来说，这种小凳子如同世俗沉浮的酒色财气，是他们再也无法受用无法触及的死去了的健康与欲望的凝聚体。

在白天的时候，遮挡病床之间的浅绿色帘子被查房的护士们扯到角落，空气变得赤裸，病人之间再无阻隔与隐私，每个人都是每个人的监视者。但这并无所谓，医院的大口将人吞下，它的翻腾的巨胃碾压并吮吸人类的羞耻心，

愿长生

在餍足之后吐出一个在生物概念上还属于人、但在精神上脱离人的领域的肉体残渣。

赤裸的除了空气，还有赵钱菊的下体。隔壁床的陈钟秀木愣地看着她的裸体，似乎在对着什么进行考察与对比。赵钱菊将布料蹬到脚踝处，露出一对肥腻而脂肪勃发的蜡黄大腿。尽管肠子里空荡荡的，使得她上下两个孔洞间流窜着穿堂风，但是床头桌上的两只同样空荡荡的粪便采集管，催逼着她必须为此努力。便椅圈又硬又凉，让她发出了如在寒冬里被射穿脊骨的狼一样的哀嚎。静脉曲张而绵延凸起的青灰色的血管，蛇一样地拧杀在她的腿上。

赵钱菊在便椅上耕耘着她的劳动果实，这个过程着实无聊，催逼着她对着视线所及的白色墙面进行科学解读。墙面无处不在，墙的眼睛也无处不在，但它们却似乎不屑于给她一个回望。油漆工并没有给墙安上嘴，这使得赵钱菊想要得到一场对话的期冀终究落了空。这种百无聊赖对赵钱菊进化出变色龙的眼起到了推波助澜的功用。她的眼睛凸鼓，两眼几乎决眦到耳朵根上，留下中间的大段空白，横着一条翻肚子的腐臭鱼尸。赵钱菊的瞳孔缩小、放大，搜刮着屋里的每一丝波动。她的右眼守一个盾，掩护着自己的秘密，左眼则时刻做好准备，偷袭别人的隐私。

还是人更加有意思。赵钱菊决定将阵地转移。赵钱菊的视线扎在陈钟秀身上，难缠，且刺挠。陈钟秀感觉自己是从杂草密立的野地里艰难拔出身子，鼻子里塞满了土壤的腥味。无数的青棘子像缩小了的刺猬，死死趴在她衣服上的每个角落。

赵钱菊开始考察起桌面，在病房里，桌面是人的脸面，这拥挤的一方里裸露着心中的隐秘。赵钱菊眼睛斜睨，在她倾斜的世界里瞧见雪色的块状平原伸展着土褐色罗马柱，陈钟秀的水杯；一口被白腻子糊住表面厚实的竖井，陈钟秀的卷筒卫生纸；耸起的半梯形土坡，这让她眼前飘摇着祖坟与陵墓，飘摇着轮廓并不分明的身后事，飘摇着与自己宛如仇敌的儿子的身影。这种恐怖的念头让她的尿液逆反，变成冷汗从毛孔里析出——陈钟秀的电子血压仪，这让赵钱菊倍感躁动。这个塞满让她无法理解的科技气息的塑料盒子在每次结束测量任务后，都会有一个中气十足的女声播报结果，使得每一次测量都如同气势宏大的授勋现场。这也是这个病房里除了活人以外，唯一能够出声的东西。

我要是也有一个这玩意儿就好了，赵钱菊有些发酸地想。如果她拥有，她或许会把血压仪的袖带永远挂在手臂上，她不介意跟一台机器说话，这不是什么疯狂的事，人不是也听不懂猫和狗在说什么吗？

赵钱菊问陈钟秀，这个量血压的贵不贵咯？

陈钟秀用眼皮拖沓的眼看向她，啊——啊——

啊，是指什么？肯定？姑且当是肯定的意思吧。这个单音节的不知所云的所谓的回应尽管十分勉强，但赵钱菊还是固执地将其划为了对话的雏形。赵钱菊决意将对话更进一步，这个，好不好用药？

陈钟秀擦了擦被眼屎弥住的眼角，当陈钟秀发现赵钱菊的目光还死死锁在她身上时，她笑了笑，啊，哈！

我在说，量血压的，血压！好不好用！

噢，好！

赵钱菊骂了一句。

打饭回来的于森森阻止了这场无意义闹剧的延续。我家外婆耳朵发聋，你得让声音变大，像炸雷一样。爆炸，爆炸，炸掉一切的声响。

陈钟秀扭过脸，她察觉到外孙女和隔壁的老太太正在交谈着什么。陈钟秀听不见，无法加入的焦虑让她疑窦丛生。于森森看到，外婆脸上露出幼童瞧见双亲抱起别家孩子时的那种宛如遭到背叛的委屈神情。陈钟秀拉住于森森的手，你们嘀嘀咕咕说什么？

于森森清了清被病房的浊气侵扰到肿痛的嗓子，把嘴贴到陈钟秀的耳边。她离得很近，老人长期卧床而散发的体臭粘在她的牙齿上。于森森清晰地看到外婆被头油腻成一簇的鬓角以及凝固在上面的星点分布的头屑，她百无聊赖地数着，隔壁——娭毑——问你——血压仪——好不好用！

噢，不尿，不尿，现在屙不出。陈钟秀说。

三

陈钟秀拒绝承认听力的衰减源于身体的衰老与长期慢性病药物服用导致的副作用。她在无尽的死寂中跌跌撞撞摸索着罪恶的根源，最终将自以为的祸首擒获——十年前隔壁的装修。

一切源于一位老人的离世。深陷在衰老泥沼的人，预兆死亡的鹰鹫早已盘旋在他们身边等着大快朵颐。有时死亡来得过于突兀，以至于让人忽视掉那些看似挺立着的矍铄的身后所倒映在地上的回光返照的影。只有常伴身边极其亲近的人，当他们的肺管享用着彼此排出的气体，当他们的胃液里沉淀着同样的食物碎屑，才可能在突发的情况中按图索骥，捋出生命凋零时暗流涌动的征兆。然而，正如果实烂熟后便会在某一刻从枝子上跌到地里，死亡符合世界的运转规则，遵从着生命的流动规律，从这点来看，一切都顺理成章地符合着天心人意，并无甚新奇。

那个夏季的酷热让陈钟秀余悸难消，即使是今昔的片刻回想，记忆仍被刺穿时空追杀而来的灼浪所消融并在炙烤中奄奄成灰。在那个气息昏沉的午后，陈钟秀听到了比蝉嘶还要聒噪的急救车鸣笛的声响，她在如蜗牛一样鬼鬼祟祟探出触须的人墙嘈杂中知晓，隔壁那从不开空调的寡居老太终被暑气所扼制昏迷。陈钟秀对于邻居的不幸并不觉得意外，她在自己身上翘起的雷达引线上早已察觉到事故降临时特有的颤动。无法记起到底叠加了多少的年份，陈钟秀的视线掠过窗户时，总能看见邻居老太木然地在路沿树荫下或坐或站或漫无目的地来回徘徊。在这个无边无缘的看不见也触不着的笼子里，老太将荒诞死死枷锁在身上，如同廉价动物园里被逼仄笼子囚禁到精神错乱的困兽一样重复着来回打圈的刻板效应。从某个意义上来说，邻居已经病入膏肓，她将常人称之为纳凉的消遣运作为一种苦修，在室外枯耗着时间。当时间无法产生经济价值，也无法为他人产生协助时，时间便像洪水一样餍足到让人生厌。她像倾倒废水一样将时间肆意撒泼，从太阳初升泄洪到夜幕流满大地。当夜的深沉掩盖住老太的苍然白发，才在不得已中憾然归家。室外是黑，家里则是黑的堆叠。开灯，要电，电要花钱。开风扇，开空调，要电，电表的脊背佝偻，伸出突兀骨节的手扮演讨债的鬼。她在现代人的夜生活还未开始的时候就早在床上辗转反侧，努力忽视像棉被一样死死捂在身上的暑热，等待着机械而无尽重复的日头再次升起。她明白，口袋里那点微薄的退休金，填不满在外面花天酒地的儿子的深渊巨嘴。钱啊钱，唯一能陪你到死的活冤家！老太一丝一丝抠着钱，像饥肠辘辘却还要哺乳哭闹婴孩的母亲那般，努力从干枯的乳房里挤出奶水。她将自己的性命死死攥在手里，试图拧出哪怕些微的几滴余钱。一些伸着长舌头的窃窃议论，在暑热里奇迹般冻结出堪为凶器的冰锥，生长在野蛮口水里的它们不知人情为何物，疯牛般蛮横地向着人的皮肉冲刺，陈钟秀的耳朵被无数的冰锥所穿刺，鲜血未及流下便僵硬成冰——老太太一辈子死抠，终是把自己抠死了，该！

急救车在咿呜咿呜里吟唱着哀歌呼啸而去，再次回来的，是一辆引擎突突呻吟的吞吐着混浊烟气的运货小卡车。隔壁的房门毫无矜持地敞到极致，颇如身体被剖开而导致的腿部松散开裂，内脏赤裸在外的正值产龄的牝鸡。几个穿着背心的汉子源源不断地扫荡出老太屋里的各种旧物并将其运走，即使是一张脚垫或者一枚衣夹也不放过，这种将过往销毁殆尽的决心和屠夫会把宰杀好的牝鸡肚未成形的细小卵泡从卵巢里摘除干净般如出一辙。陈钟秀在这些忙碌的人堆里寻到一个眼熟的胖汉，她仔细反刍着记忆，蓦然想起这正是隔壁老太的儿子。胖汉的脸上写着坦荡，用槽牙嚼着烟嘴，声音犹如喷出的烟气一样有着如释重负般的轻快。他向陈钟秀打着招呼，老太太去了，这房子空着也是空着，白瞎了浪费，不如重新捯饬干净，卖了还能搞点钱来。

陈钟秀为邻居儿子的决绝感到惊愕，她和邻居老太一样，大半辈子都守在自己的牢房之中。她们在这里成婚，养育着孩子，养育着孩子的孩子。她们过往的汗液、泪液、血液都融在地面；毛发与皮肤的碎屑成了老屋的基肥；她们的梦想与希望被砌成一砖一瓦；她们的细胞和老屋的血脉发生融合，血管交叠泵起的心脏在同一刻悸动。几十年的寒暑春秋，即使是墙面的纹路与杂物的瓶瓶罐罐，也如逝去的伴侣的身体一样熟读在心。她们的身体早已成为老屋延续出来的一部分，成为一个可移动的便捷器官。陈钟秀想，就是死了，假设这个世界真的有着魂灵，一定也眷恋着自己的老窝，舍不得离去。

那么快就卖唷？周年还没过，好歹是你母亲住了一辈子的屋。

咋个不卖，俺这不兴讲那规规矩矩的，可谢我老娘嘞，好歹挺住一口气没死在屋里头，不然就折了价啰。

我看有些桌儿呀凳的家伙什么保养得还可以，这一车车往外搬，是都不要了？

嗐，您那个老八股哟，这年头哪个家还用这些个老玩意儿，换新的极敞亮咯。

胖汉一行又去忙了。汉子们用手背抹着脸，汗液混合着皮肤油渍让脸部黏腻成捕鼠板,汗水湿透衣服,前心与后背上沁出了暗色的异国地图,这地图分不清地区与年代,陈钟秀看着,感到头晕目眩,仿佛被无形的漩涡吸到了一个陌生的世界。

这个夏天真热,这年头连天也开始异常了,为什么这么热?陈钟秀想。

当老屋的内脏被摘除干净后,汉子们开始一层层刮下老屋的角质与皮肉,邻居老太的痕迹被片片粉碎。一切好像不存在。陈钟秀在垃圾站瞧见老太家具被肢解的尸块。老了,不中用了,就成了废物,累赘,就会被抛弃。陈钟秀为这些老家具悼念着,或许为了邻居老太,或许为了自己。

陈钟秀也意识到自己的衰老。在衰老刚刚躁动时,只是头上的一根白头发丝儿,将其揪下,青春似乎就回来了。但终于有一天,衰老变成溃堤的洪水,惊涛汹涌,一泄如注,一切的阻拦都将被冲毁殆尽。

四

在陈钟秀身上,听觉的消退是衰老侵蚀下一个最显著的征兆。

隔着一层衰老的墙，隔壁的电钻声像一万只发了疯的蝉在她的耳边嗞嗡嘶吼，这种嘶吼甚至引发小型地震，脚下的地砖时不时发生颤抖，陈钟秀也被这颤动的频率所裹挟，噪声与震动几乎将她的大脑搅拌均匀。她走到哪，无尽蝉鸣就跟到哪。隔壁装修完工后，那些真正在燥热夏日里趴在树上吱吱乱叫的玩意儿早就消失得无影无踪了。陈钟秀的耳蜗里还是塞满了哀鸣着的蝉，它们在甬道里拳打脚踢，腿部的毛刺将耳道抓挠得鲜血淋漓。陈钟秀头痛欲裂，鼻腔里灌满了脓水的气味。

陈钟秀第一次意识到什么叫如坠冰窟。完了，完了，应当去医院看看的，可当医院这个词蹦在脑海里时，她感觉到背后有个毛骨悚然的怪物正静静盯着她，这让她感到战栗。有病的人才会去医院，去医院就是承认自己有病。陈钟秀自欺欺人地将逻辑逆推，只要不去医院，那就没有病。对，坚决不去，我好着呢，陈钟秀倔强地想，我绝对不要进医院。

她瞒着女儿，偷偷给夹在报纸里的小广告打电话。攒了半辈子的养老钱就像流水一样哗去了。她心疼，可是养老钱，不是养命就是买命，年轻时从牙缝里扣搜出来的钱到头来不就是为了这？品牌各异印着各种老神医头像的特效药大把大把涌进屋里，陈钟秀则敞开肠胃，像是养蛊般，任由花花绿绿的药片在身体里彼此争霸。终于，入冬后的某一天，蝉鸣消失了，或许是寒气冻杀了这些聒噪的祸害。陈钟秀沉浸在世界终于稍息的安逸里，直到她看着女儿惊慌的眼睛以及其不断翕动着的嘴，才知道这世界其他的声音也一并清净掉了。

陈钟秀变成了半聋人，而她羞于向人承认这一点。颗粒分明的话语声进了陈钟秀的耳朵，便如卷进了粉碎机里。经过一番黏黏糊糊的搅拌，大脑颞叶接收到的，便是从开天辟地前的混沌里捞出来的一瓢无形无状的东西。

陈钟秀并不服输。每当她意识到有人在同自己讲话，她的脸上便自动浮起客套的微笑。眼睛像长了吸盘一样监视着对方嘴唇的翕动，企图从中捕获到信息的残渣。然而陈钟秀对于唇语的解读蹩脚到让人倍感遗憾。在无数次答非所问后，在旁人惊疑的神情里她意识到了自己的尴尬处境。尽管如此，无论别人问什么，她也一定要倔强地回答。陈钟秀的女儿做过实验，她在母亲面前嘴巴假意张合，声带并不发声，然而陈钟秀依然能对这毫无意义的唇语做出回复。或许，她浸淫在自己的幻想世界里，假想着别人会跟她说什么，并为这假想的一切做出郑重其事的答复。

但有些东西究竟是无法自欺欺人的。衰老的另一个显著特征，腿脚开始变得不再利索。陈钟秀依然延续着自己的倔强，她拒绝使用拐杖，拐杖所代言的衰老一词让她忌讳。但终究力不从心的她另辟蹊径，选择用一把钝头的长

愿长生　　179

柄伞作为拐杖的替代。在无数个大晴天里，她拄着一把肢体肥厚的笨重长柄伞，用伞怼着地面，一步一步慢慢走着，仿佛在上演某种滑稽剧。

性格的倔强终究拗不过身体机能衰减的物理法则。岁月的席卷让她日复一日腿发软，头发昏。身体的活力不断崩坏，心脏病以可怕的频率一次次发作，陈钟秀成为医院的常客。

在最初住院的时候，她尚有一些自我安慰的精神。没啥大不了的，上岁数的人，总免不了来医院几趟，罢、罢，就当是调理身体。躺在病床上，脑袋里惦念着自己精心侍弄的几盆重瓣月季，牵挂着常来院子里乞食的猫儿会不会饿肚子。早点出院，早点回家，回家杀条大鱼吃。那时脑海里寻思的事儿，多少带有几分活泼的感觉。出院没多久，心脏又闹起毛病，这毛病来得气势汹汹，直接被救护车拉走。好不容易病情稳定，出院没一个月，心脏病再次犯了。陈钟秀在病床上，举起右手呆呆地看着，视野描摹着掌纹，可她猜不出这掌纹背后的秘密所在。一进宫，二进宫，三进宫……都说事不过三，陈钟秀虽然鼻子里嗅到了预兆不祥的气味，可依然拿俏皮话安慰着自己。

但事情终究变得狂乱了起来，就像什么呢，东北老家的大雪山里总在某个让人意料之外的时候里，雪层悄然崩溃。雪崩刚刚发生时，这种崩溃还带着几许小心翼翼处子般的温柔，但崩坏很快会彼此叠加，最终形成劈头盖脸、开天辟地般的溃败，这种溃败无法阻止，即使雪停，即使引发震动的源头噤声，崩坏的惯性仍将这一切催逼。等到第四次、第五次、第六次……当陈钟秀的住院频率以一种可怕的速度荼毒着一切时，她终于意识到了事情的异变。老了老了，到底是老了，东墙补了，西墙坏，一种悲哀死死攥住了她的心。情况急转直下，她深知这一点，却无计可施，只能将未来托付给命运。

在病情最严重的时候，身体的中枢机能紊乱，使得器官与血液开始了暴乱。每当此时，陈钟秀的左右手都被插入针头，使她成为一条光条棍般的肉虫，被迫封印在床上。心律失常，失去秩序的膀胱开始发生失禁，总想尿尿，她不知道身体里哪来那么多水分。此时的陈钟秀只能在床上排泄，依靠着床上专用的压在腰尾下的扁平尿盆。为此，她不得不敞开大腿，下半身裸露，宛如要在产床上预备生育。但陈钟秀早已无法创造新生命，相反，她的存在不断消耗着自己生命延续的孩子的精气，这个认知让她自怨自艾。为了方便，她开始不穿内裤，并逐步习惯了裤裆里的尿臊气。长期卧床让她被又一个敌人——褥疮所围攻，她只能像倒在水族箱里的死虾一样努力侧身躺着。

陈钟秀有无数的时间进行无意义的对于生命的考究，她开始讨厌起窗外扫进来的阳光，这白惨惨的亮度让她的脆弱与无能无处遁形。身边的人走来走去，家人、医生、护士、病友，她总觉得身边人在说着什么，议论什么，而这话题的终点就是她。这让她脸上发烧、发热，但陈钟秀已无力去揣测。有时她庆幸自己的耳聋，聋了、痴了，也许只有这样稀里糊涂的，才能活着。

五

于森森立于一场灾祸爆发的前夕。

她的困倦是摇晃于骨髓里的。此时此刻，地球的引力在于森森的身下发生异变。于森森的眼皮被癫狂的力量所拉拽，这让她的眼皮长出了一个世纪的长度，然而尽管眼皮已将城门封锁，肠胃却将免修牌高高挂起，大声吆喝着摇鼓的躁动开张营业。深夜的饥饿感或许继承于人类先祖的原始血脉，智慧未开的野蛮兽类在学会圈养家畜前，会在星月皆隐的夜里进行狩猎。于森森昏沉与饥饿推来搡去，她的晚饭吃得早而少，当她拎着外卖回来时，尤兰英正佝偻着腰，鼻腔里回荡着咿咿嗯的粗壮气体，弯在坐便椅上将食物的渣滓遗弃。无法言说的可怕气味是具有刺穿性的，捅穿了包裹得严严实实的塑料盒袋，将于森森的晚饭进行玷污。于森森憋着气，在她的臆想里，一些微小的黄褐色颗粒正在空气里浮动，试图打入人体内部。她做出一种很无所谓的样子，打开病房门，对外婆说，我到护士站看看你的心率。于森森走出病房的时候泰然自若，一扭身便躲在走廊拐角漫无目的地刷了一会儿手机。当她再次回房的时候，自然而然地鱼一般滑溜进来，像是忘记敲开的房门存在般继续让屋里透着气。尤兰英或许读懂了于森森沉默的体谅，看了她一眼，笑得有些尴尬，尴尬中透着些歉意。赵钱菊将身体重重翻过来，病床发出一声被铁球砸到般的哀鸣，她瞪着眼，看着敞开的房门，骂了一段有关女性祖宗的脏话。关于这段女性祖宗的归属问题，于森森感觉大抵是属于尤兰英的，但是赵钱菊恨的眼睛分明揪着于森森。于森森想要好好吃顿饭的奢望究竟是破灭了，她的胃开始隐隐疼起来，这或源于物理上的，或许是精神上的，谁知道呢？

唯一确定的是，这件事到此真够"他妈的"了。

在深夜里，医院走廊的灯依然不眠不休地工作，光亮挤过门缝泄露到屋里。病房的黑暗里挟着这略显羸弱的亮度，如水与油般混合在一起，随着气流波动而粼粼荡漾。这种非明非暗的混沌催促着人的意识从身体中抽离，进入一种缥缥缈缈的状态，于森森怀疑自己一头扎入了某个清明梦的篇章之中，身体轻若无物，灵魂仿佛飘摇在一个高高的地方，俯视着自己沉重而无能的肉体。

愿长生

今晚第三次，于森森将起夜的外婆扶回床上，把被子掖好。这种机械的抄袭着肌肉记忆的行动让她的精神还粘黏在那促狭的折叠床上。好燥好闷，这一番的折腾似乎又烧掉许多氧气，一种呼吸困难所带来的窒息感让于森森有些头重脚轻。她摸索到床沿，身体的沉重让她几乎是砸进被窝的。在阖上眼的前一刻，于森森看到一种鬼魅的奇景正在暗夜里蔓延，一只惨白的臂膀在斜对面的床上袅袅升起，臂膀抽动着，挥舞同心圆，似乎在试图把房间里光影交融的浓浆搅拌得更加均匀。

那似乎是尤兰英的手，于森森将眼睛眯起。也许是梦里的尤兰英的手，这么想着，于森森翻了个身，迷迷糊糊间将眼睛闭起，梦里，一个幽远而苍老声音正在将她追逐，小妹，小妹，小妹唷！

啊？！

于森森惊醒时，由于身体悸动从毛孔钻出来的热汗像小弹珠一样在身体上滚来滚去。小妹，小妹，听见吗？来自深夜的幽灵一样的召唤又飘过来了，于森森亮开手机屏幕，发现声音来源于尤兰英，于森森干愣了一会儿，她对这个辈分错乱的称呼有些发蒙。当于森森反应过来这"小妹"叫的是自己时，尤兰英的声音已经透着几分焦躁了。哎，我在，我在！于森森慌里慌气地答应了一声。

小妹，帮忙把门打开透哈子气，我动不得身。好热哟屋里头，作孽唷，热得死也睡不着。

尤兰英大抵是试图将事情在润物细无声般的悄然里偷偷进行的，但老人多少所具有的耳背让她的声音在毫无自知的情况下，在既成事实里敞亮起来。

面对尤兰英投掷过来的呼唤，于森森脑袋里空荡荡的广阔空间为之应和出巨大的回响。

于森森没有为之多加思忖，此时此刻她的意识依然游离在外。好在这个指令似乎不难完成，她踩着黑摸到门把手，拉开，结束。新鲜的透着一些消毒水味道的空气哗啦啦地淌进来，带来久违的清新和清爽。

门开了。这挺好。门早就该开的。于森森曾在心里想了无数次，来查房的护士也说了无数次。

病房很热，热且闷，四个人生活在这小小的房间里，排泄物的气味和老人的体味，以及剩菜剩饭挥发的酸甜苦辣的气味沤烂在一起发酵着，并在这干燥如沙砾一样的空气里被搅拌均匀，随着人不得已的呼吸，这方浊气傲慢地开疆拓土，攻占下一个又一个肺管。这种燥热里的异味是凝固的，如果你愿意动动牙齿，甚至将这空气咀嚼到嘎吱作响。

护士们说，整个医院就没有哪儿能比你们这屋更热了，烧锅炉也赶不上你们这热，还有这个味儿，哎哟我的天呢。即使有口罩的加护，屋里那腐蚀一切的异味还是让护士们皱眉，下意识想掩住鼻子。她们示警般用力拉开病房的窗子，将病房所有的门窗大大敞开。但是护士们的威慑力究竟是不持久的，护士刚刚离开，赵钱菊便翻下床来乒乒乓乓地拉窗关门，一个小小的缝隙也绝不留下。

赵钱菊对此的解释是，自己的脊椎有一种见风就痛的毛病，她将这个"风"的概念划得巨大，即使病房内外都足足地放着暖气，但若想敞开病房门透个气通个风，禁止。通风，一通就有风，为了杜绝"通"道，只能将门窗紧紧锁死。"风"的尺度又被缩到极小，比人喘气大一点的气流波动那就算是风了。于森森十分怀疑她病情的严重性，但最终还是把话头憋到肚子里。她陪着外婆已经住过数次院了，空调开多少度，晚上几点熄灯，病房门是开着还是关着，每个病房有每个病房的规矩，而规矩的制定人，就是病房里最为强悍的"房霸"。赵钱菊的解释看似有商有量，实际上这份不容置疑的强硬里，早深深刻着四个大字——无可退让。

气流的攒动让于森森的鼻子有些痒，她打了个喷嚏，理智在瞬间回归本位。这让她感到浑身一冷，完蛋，完蛋。第六感的雷达敏锐扫射到了危险气息的奔袭，一股磅礴凶悍的气势杀将过来。于森森感到心口一悸，寒毛炸起的瞬间，一个暴雷一样的怒吼飞扑过来——操他妈的开什么门？冷死了赶紧关上！

人在看到先行而来的闪电光亮时，即使做好心理准备，也很容易被意想之外的巨大惊雷声吓一跳。于森森隐隐约约感觉赵钱菊若发现门被打开了大概不会太乐意，但这种凶狠的狂怒着实超越出想象的边界。

她试图在赵钱菊和尤兰英之间打一个圆场，她想，一个体面人应当是深谙中庸之道的，当争执来临时，折中往往成为事实上的最优解。没开大呢娭毑，就开一小截透透气，于森森对赵钱菊进行回应。

于森森调理着门把手，将门半敞到了平均到极为公平的宽度，理论上，剩下的空间既刚好让靠门的尤兰英透到气，也绝不至于吹到病房最里侧的赵钱菊。陈钟秀还想为自己多争取一点儿，吱吱嚷嚷地絮叨着，小妹，没事儿，再开大点，热唷。身后，赵钱菊恶兽一样的怒视已经超越物理的法则实现了固态化，于森森不必回头也知道，一双腥气扩散的指甲缝里塞满血肉残渣的野蛮利爪正高高举起，它在做着最后通牒，随时将撕扑而下。

人一辈子被迫面临太多抉择，这种纷繁复杂往往缺少可爱的要素，它们无法像游戏一样存档读档，在一次次实验中找到最优解。抉择在事实上如同赌博，若作为赌局之外的操盘手或许会为这多巴胺的狂欢宴会而意乱情迷，但当自己被作为筹码而遭到肆意摆弄的命运时，游戏将不再隐藏真正的面目，和善的假笑面具反转，露出皮肉狰狞的瘆人真相。

于森森不再言语，她仿佛仍有所迟疑，将门小开小合，像小贩那样死死盯着秤的刻度，商品少量拿出或放入托盘里，求得一个分毫不差的童叟无欺。然而，只有她自己知道，一切都是假动作，所谓公平的临界点在她心里已然有了划分。于森森是一个比常人更加厌倦无休止抉择的人，她不愿被分岔路口的锐角割去身体或者灵魂的一部分，她宁愿做一只鼹鼠，在路口前凿出一个深长曲折的藏身洞，在时间凝固得宛如另一个世界的洞穴里，努力遗忘着地面颤动所预示的连梦境也将被摧毁的推土机的到来。

仿佛是一个巨大的巧合般，当于森森停止对门的摆弄后，门依旧停留在一个刚好半开的刻度上。曲折的过程所孕育出的依然是原始的成果，但只要过程伪装得分外艰辛，在糊人耳目的任务上往往有着意想不到的奇效。

这就是于森森的抉择。抉择的要义就是不做抉择。她将一个符合自己逻辑的结果放在那里，至于结果，是被人吃下或者碾碎，已经不在她所管辖的范畴里。于森森躺回被窝，折叠床对于她的回归发出吱扭的惨叫。于森森用被子裹住脸，别再继续了，结束吧，她在疲惫中祈祷着。

摔门的重击声将房间里所有人彻底惊醒。

是赵钱菊。她像鹞子抓兔般飞扑过来，一掌将半开的门"砰"地拍合，骇人的撞击声仿佛一个炮弹炸在门口，完全不顾及这里是深夜的医院。

即使耳朵半聋的陈钟秀，也被突如其来巨声与震动惊到手脚一抖。

什么声？啥玩意儿掉地上了？

没——有——崩溃有时候就在一瞬间。快睡吧！于森森亮起嗓子嚷着。

已经没什么可介意的了，手机上的时间显示着凌晨三点。深夜，三点，四个人，没一个人能入睡，很好，真他妈的好极了。于森森感觉胃越来越痛，她不再轻声轻气，甚至可以说有些野蛮地拽拉开抽屉，在盒子袋子组成的迷宫里扒拉出两片药片抢救自己可怜的胃。

所有人都低估了赵钱菊的掌控欲，强烈的掌控欲甚至能让这具年过八旬的衰老身体重新燃起颇具爆发性的可怕力量，这在医学上兴许算是个奇迹。当赵钱菊干完她的壮举后，回到床位的她不急于躺下。她坐在床沿，如石像般不动声色，以庄严的态度死守着自己的战斗成果。赵钱菊的姿态表明她不介意进行一场拉锯战。门，打开一次，我就再关一次，逻辑简单粗暴，颇具威慑力。

能同样如此杀伐果断的，大概也只有刽子手了。

堪比一巴掌抽在了脸上，于森森所设想的"平分秋色"的公平抉择就这样被赵钱菊所狠狠践踏，这让她倍感屈辱。受到更大刺激的是尤兰英，在精神感知的挺长一段时间里，她愣磕得惊到说不出话。直到房门再次紧闭所带来的窒息感弥漫在这个剑拔弩张的逼仄空间里，尤兰英剧烈地咳嗽了好几声，仿佛要将肺咳出去。她扶着床栏，像误入岸上的鱼一样挣扎着身体，或许是想要起身，想要理论，但是身体的虚弱与病痛让她一次次瘫回床板上。尤兰英大概是累了，她不再动，也不再说话，绝望而沙哑的啜泣声在夜色中久久盘旋。当凄哀声嘶力竭后，如枯萎的叶子般怆然坠地，埋葬在这漫无边际的黑夜里。

六

这么多年了，我的儿子还是恨着我。

赵钱菊将强行启动的对话踢过来时，于森森绞着笔，在毛刺横生的纸片上刺入外祖母的心率情况。

这些暗藏某种玄机的数字让她眼晕耳木。符号泛滥而至，狡黠地弯扭身体，将眼球勾引入怀，瞬间又漠然踢开。在躲避纠察中，它们转瞬逃离。最终，一切变成一场强迫式的游戏，于森森在与数字的你追我逃中被远远落下，甚至捉不到这些翻飞肢体下隐藏的底裤。倒刺横生的干涩手指划过纸页上的每一行数字，宛如飞鹂掠过荆棘。这些野性的数字在某一刻变得乖顺异常，又会在某一刻杂乱丛生，直至异军突起的叛逆者占领高地，扯起大旗对秘密进行揭示——所有的和缓皆是谎言。

啊，是吗。

这种敷衍的回应并非刻意为之的疏远。尽管于森森不否认，夜晚的那场不愉快让她在面对赵钱菊时，仍有芥蒂像草棵子一样毛扎地梗在心头。但是真相总归需要有人进行揭露。事实上，病房里藏着无影无形的妖魅，它有无数伎俩将人魅惑，让人逐流，并在看似温存的耳鬓厮磨里吸干人的活力。当于森森在这座惨白的笼子里日渐枯耗时，这种虚弱甚至能将人类本能对于他人隐秘进行八卦的好奇心窒息。

那个女人，妖精一样的婊子。我就知道那水蛇肚子里，生不出个带把的。她撺掇一切，蛊惑我的儿子。可怜我家列祖列宗，眼睁睁看着断子绝孙了。我叫，我骂，我让儿子和那个女人做个了断。可那糊了良心的，做了断的竟是和我这个亲娘！

又是这样的故事，不稀罕，不新奇，了无生趣里带着几分自作孽。于森森仰起头，天花板的白漆上劈着一条蛇形的蜿蜒黑缝，使得所在的维度地壳断裂，板块漂移。婶姆，时代早变了，生男生女都一样，您老不是还有孙女吗。

或许是对于这个回应的不满，赵钱菊将眼睛瞪起，这让于森森感到有些悚然。那女人，我知道，在我和儿子孙

愿长生　　191

女背后说坏话，她让一家人都恨我。她巴不得我死。我住了几次院，儿子都不来。我做了手术，我儿子才端着一盘炒笋子看我，缺德呀，让我吃这种发物！我骂他，他就赌气再也不来了！我可看明白了，我虽然有个活儿子，可我家已经断子绝孙了！作孽唷，哎哟哟……

于森森瞧得清楚，赵钱菊将这空虚的执念牢牢抓捏在手心，拉长弹回，直至扯成细细麻麻的丝状物。她像粘黏口香糖一样，将这沾满指纹与唾液的黏稠物涂抹在身边的每一个角落。赵钱菊的命运则被另一个纬度大手揉捏着，她多次在仰望中试图寻找它们存在的证据而无结果。百般重复而无意义。赵钱菊将这些落寞吹得圆鼓鼓，然后撒开手，让它们像气球一样喷射而出——惊慌失措，漫无目的，四处乱窜，起飞又坠落，最后鬼鬼祟祟死在某个角落里。

赵钱菊的主治医生来了。带来一个好消息，至少对于森森来说。赵钱菊的病情控制得不错，跟家人联系一下，明天就可以出院。

很奇怪，赵钱菊没有半丝欣喜。她面沉如水，不言不语，似乎在计算着什么，谋划着什么。在得出运算结果的那一刻，某种衰老的诅咒在瞬间解除封印，负重累累的岁月如狂涌而至的泥石流在赵钱菊的脸上碾来踏去。于森森惊愕地看到，赵钱菊的嘴表下沉，眼窝塌陷。她的一度精明的眼光不得不从深陷的眼窝艰难地攀爬而上，未至终点，便已气喘吁吁，满是倦怠。

赵钱菊躺回病床，试图用被子将疲怠掩盖。于森森预感着，不，她敢确信。赵钱菊的沉默里正酝酿着某个阴谋，这场阴谋虎视眈眈，在她怀里怒目圆睁。

太阳藏匿后的第二个小时，尤兰英的主治医师也应召而来。

在这个神色晦暗的下午里，尤兰英一直稀稀拉拉作痛着的腹肚，疼痛骤然加剧。肠子仿佛搅在一起打着群架，试图将每个蠕动着的接近者缢死。在极长的时间里，她佝偻在坐便椅上，通过最原始的方式期冀着痛苦的减轻。尤兰英一瘸一拐，在坐便椅和病床间的循环波转，她的身形以肉眼可见的速度萎靡。最后一次，她以虚脱的姿态粘黏在墙角无力起身，滑坐在地。

于森森惊呼着，喊来护士一起将尤兰英搬运回床上。尤兰英的皮肤松弛且冰冷，还带有黏腻感，这让于森森想到了被开膛破肚的案板上的某种鳗类。好消息是，尤兰英因为痛楚而五官挪移的狰狞为自己争取到了一剂颇为珍贵的止痛针。

护士说，得赶紧联系家属，必须有人看护你，子女电话是多少，我可以帮你打。

没事，我没事……尤兰英颤巍巍抬起手，试图攥住护士的衣角而无果。她从虚脱里勉强挤出几丝喑哑的喃喃，

愿长生　193

我儿子他忙啊，当爷爷的人了，每天还要照顾小娃娃，我的孙子忙着上班，没有人，没有人会来……

那么，至少您得请个护士，不然厕所都上不了，护士给她下了最后通牒。价格让尤兰英面露难色，她讪讪地说，再看看吧，明天再说，兴许睡一觉就没事了。

护士走后，于森森感觉到，尤兰英的眼睛一直直勾勾地看着自己。她的眼珠发黄，眼白发蓝，眼角发湿。这些晦暗的颜色钩织出一个哀伤的沼泽，让于森森在不自觉间陷入其中。

不知是对着谁。或许是对着于森森，或许是对着她自己。尤兰英断断续续地诉说着一个漫长的故事。怎样含辛茹苦养大儿子，又替儿子拉扯大孙子。孙子要结婚了，没钱买婚房。一声撒娇似的奶奶哎叫得尤兰英的心比水还要柔软。毫不犹豫地，尤兰英把自己唯一的房子卖了，孙子顺利成婚，不久得了个胖小子。人家祖孙三代其乐融融，而她这个曾奶奶，在不知不觉间，一条不断蔓延的深深沟壑将他们的血缘与亲情撕裂。

尤兰英成了局外人。她意识到了儿孙日复一日的疏远与冷漠，她没有争辩，用剩下的最后一点钱，搬进了一家廉价的养老院。

我已经是个彻底无用的人了。我老了，也没钱了，我的唯一的任务就是等死了。

尤兰英将脸深陷在枕头里,这些承接着人们脆弱的、游离在这残酷世间的宛如小小孤岛的一片寥落软绵,也同样默默承接着人的泪。

七

救护车的轰鸣声如出弓之箭,划过天际,穿透层楼,不偏不倚将于森森的梦境一击刺破。意料之外的惊醒让于森森的毛孔反刍着热汗,她深吸了几口气,试图将想要干呕的不适镇压下去。

零零点零零分。手机屏幕显示着四个白惨的圆圈,这种奇妙的偶然彰显着某种诡谲而无用的运气。

疯狂增殖于心口的郁气随着一次次深呼吸倾排而出,但烦闷感却愈演愈烈。新的一天,无限循环着冗长空虚的新的一天,终于有了一丝小小的异动——今天是外婆的生日。应当欢欣吗?于森森疲惫地意识到庆贺的想法并不存在。一股越发凝重的焦虑沉甸甸地盘在心头。于森森将眼睛闭上,模拟着一个又一个在太阳升起时,命运可能发生的诸种演变。

蛋糕?大抵是不必,在活到某个时刻人们终会发现,充裕着甜蜜的蛋糕是一种奢侈品,买得起,但享受不起。

洁白绵软的油脂上印刻着年轮，也印刻着健康与欢庆。这里没有能够享用的人。

或许买碗面吧。总得为这个简陋仪式蒙上最后一层遮羞布。可是，外婆又会怎么想呢。

早在住院伊始，于森森便察觉到外婆情绪的异常低迷。陈钟秀一次又一次追问着于森森，今天几号了？仿佛她的时间身后正有着一个凶残的野兽杀将过来。她痴盯着手掌，掰着手指，翻来覆去地算着什么。住院第六天的时候，陈钟秀捉住医生急切地询问，这两天能不能出院。医生瞧着检测报告时眉头是蹙起的，没有那么快，好好安心养病。

当晚，陈钟秀勉强恢复稳定的心率再次癫狂跳脱着。监测仪哔哔震响的报警声揭示了一个愁苦的结果，陈钟秀的住院生涯将要继续延期下去。

于森森猜得到外婆在想什么。就在去年，外婆在亲友的拥簇中热热闹闹举办了八十岁寿宴。只这一年，一切便天翻地覆，欢闹或将永久性地时过境迁。在这牢笼一般的病床上度过生日，对于总将不同寻常的偶发事件当作某种命运预告的外婆而言，无异于恶兆降临般的诅咒。她的衰老身体已经无力辨别科学的章法，更愿意将全部思绪投身至源于某种古老传说的，缺乏逻辑的臆想上——那时，我做了一个噩梦，梦到了许多蛇涌过来，缠着、咬着——不祥的梦！我知道霉头就要来了。从那以后，我的身体果然就不行了!

愁绪纷繁。于森森关掉手机,试图将自己麻醉在新一轮的迷蒙中。

唉嗐——一声哀叫劈入于森森耳中。透心的凉意让于森森战栗,她猛地反射式爬起,奔去查看外婆情况。外婆睡熟着,鼻子里游荡着轻轻的鼾声。外婆似乎没有事,于森森悬着的心稍稍放下些。唉嗐——又是一声,这一声更加响,于森森的心再次悬起。风声鹤唳。于森森悲哀地发现自己如同一只在黑夜里逃亡的小兽,猎人的枪口正朝向她,亦或许是她的同伴。无论如何,杀戮的子弹总会射出来的,不管打在谁的身上。

事情似乎不太妙,于森森打开小灯照看着。哀叫的源头是尤兰英,她的身体蜷缩着,如同一只枯虾。呻吟在肉体的苦痛撞击下不断派生。语义扩散,哀呼重叠宛如群山耸立。

呻吟,呻吟,作为一个被现代世界的灯红酒绿烙印出淫靡艳色的词语,在尤兰英的哀呼中回归原始的寓意。尤兰英的呻吟不断猛进,悲鸣在血与肉碰撞的惊涛骇浪里喷涌而出。尤兰英的胸腔嶙峋凸起,勾勒出白骨堆叠的天然演奏厅,尖利而苦痛的嘶鸣在此间冷汗森森、跌宕翻滚。这种悲鸣长满了锋利的勾刺,如同苍耳般将传播学演练到了极致。尤兰英的苦痛挂在每个听者身上,使他们闻之瑟瑟，皮肤破裂，汗毛倒竖。人类本能对于同类的哀鸣感到战栗。

值班医生循着呼叫铃的召唤匆匆而来。尤兰英手指颤抖，试图蜷住眼前的白大褂的衣角，求求了，再给打一针的止痛吧。

这……止痛针不能滥用，你还有心脏病，如果能忍住尽量坚持。医生叹息着，像哄小孩般鼓励尤兰英挺下去。尤兰英怔怔着，在瞬间号啕起来，她用手砸着不锈钢的床沿，发出咣的可怕声响。受不了了，真的受不了了！要我死吧，痛啊，痛啊！

尤兰英终是得到了她想要的。药剂的作用让她安静下来。于森森瞥了眼手机，已经快凌晨两点了。睡眠不足已经让她的精神到达溃败的临界点。她阖上眼，祈祷着此刻的安静能够无限延长。她忽略了一点，在刚刚的喧闹里，醒来的不只是她一个人。

赵钱菊侧身旁观着，从这个嘈杂剧目的开始。她的眼睛渗出光亮，如同暗夜的枭鸟。她静默着，带着忐忑罪念的启示如天雷降临，在她心中霹雳，一场狂暴的雷雨正酝酿而出。

于森森被新一声惊起是在半小时后。冲锋号般的哀嚎，这次是赵钱菊。她声音中气十足，响彻天地，唉嗐！唉嗐！医生揉着眼，风风火火赶来。赵钱菊将医生这个词拉扯得长而绵密。医生唷——我的背好痛,浑身发冷。医生在她身上不断按着,询问具体疼痛的方位。

都疼,哪里都疼。

医生意识到自己正在被愚弄。然而这份谎言里并非全无真实的东西。你大概是腰着凉了,别的也没什么办法了。

赵钱菊给自己倒了杯热水。二十分钟后,她又按响了呼叫铃,这份召唤的权利让她有些肆无忌惮。

医生来了。赵钱菊直挺挺躺着。总有个缝在冒风。冷哦,锯子一样割我的骨头唷——痛唉——我的骨髓都流出来啰。

冷。

热气充裕的病房让医生额上沁出汗珠。冷?这种不加掩饰的荒诞让医生无言以对。他让护士给赵钱菊加了一床被子,年轻的护士做事仔细,把边角细细掖好。赵钱菊就像被埋在棉花堆里。

第三次按呼叫铃,赵钱菊特意将时间稍稍延后了一点,表现出自己努力压抑的诚意。医生唷,医生哎——赵钱菊唱戏般拖着腔调。

医生伫立在床前,雪白的长褂使得瘦长的身影神圣而高洁。他见过太多,听过太多,他长叹着,将眼镜摘下擦了擦。我知道你在想什么。不想出院对吗?

赵钱菊回以一个热切眼神,从她干枯的眼窝里。

罢了，我再批几天让你住行不行？

赵钱菊的病似乎在瞬间就好转了。她的嘴舌大抵是涂了蜜，否则吐露的文字也不会凝成一颗颗糖的结晶体。她反复咀嚼着此生最真诚的一句话，谢谢医生，谢谢！

你不想回家吗？

尤兰英喃喃着，像是追问什么，像是探寻什么——某种难以言喻的真相与道理。这种渴求让她暂时忘却过往的诸种不愉快。我已经没家可回了。医院，养老院……在哪没有区别。

我不回去。家，什么是家？空落落的，就我一个人——连一个能出声的都没有。还是医院好，这么多鲜鲜活活的人围着你，多好。你说是不是，老太太，你感觉好没好些？

在黑夜里，赵钱菊和尤兰英看不清彼此的脸，她们在此刻达成了和解。

尾声

天亮时，于森森买回来四碗面，给赵钱菊与尤兰英也各分了一碗。医院附近的粉店里并不卖白花花面条，最为接近的只有细细黄黄的碱面。当于森森从早高峰的人群里挤回病房时，面已经被汤汁泡发得有些坨了。尽管作为寿面来说或许有些失格，但这已经足够了。

我家外婆的寿面，娭毑们一起尝唷。

好唷。赵钱菊说。

好唷！尤兰英说。

汤汁的油星颤动着，鲜嫩的葱段像蓑舟一般摇曳。在摇曳中，她们突地大笑起来，笑着，笑到身体颤抖，声嘶力竭，眼角泛泪。人这一辈子，这一辈子唷……不知道是谁反复念着这么一句。

在笑声将息时，赵钱菊举起手中的碗，热汤的温度炙烤着的手，她浑然不介意。

老寿星，老姐姐，还是你有福，你要长命百岁唷——

长命百岁，不够，活到一百零一！

外婆，你的健康，得长寿！你听，别人都在祝你长命百岁！你要快活，要高兴呢！

陈钟秀吹着烫滚滚的面。热气在她脸上蒸腾，凝结出的水珠悄悄在脸颊滑落。她似乎还有些茫然，人们的欢庆被阻隔在失去功效的耳朵之外，她听不清大家在说什么。

但有些东西终究能走到心里。陈钟秀也笑了，这次并不是那机械的遮掩的笑。她笑着，竟有了几分往昔的爽朗与豪迈。水汽弥漫间，她模模糊糊看到了自己年轻时的模样，朝气、健硕，远逝的青春似乎在这一瞬间骤然回归，融进这具苍老的身体。

陈钟秀用双手将面碗举起,宛如举着一樽大碗口的酒杯。手臂不受控制地颤抖,却丝毫不减她此刻的风范。

好,好!陈钟秀说。她仰起头,一股热辣与灼烫冲滚着喉咙。就像喝着刺激辛辣交融着年轮堆叠中的苦涩与欢欣的陈年酒一般,将面汤一饮而尽。

一切破碎,
一切成灰

罗志远

离父亲家只剩两站路，从车玻璃往外看，下着雨，夜晚九点，斑马线前，公交车缓缓停下来。

母亲站在我的身边，头发蓬松，一手抓着车吊环，另一手拎着一大包脏衣服。我前方是一个老大爷，仰头在喝一瓶矿泉水。座椅湿滑，我的屁股不断往下溜，两腿岔开来，座位底下是一摊积水，以及不知先前哪位乘客扔下的几枚烟蒂。

雨下得大了，稀里哗啦作响，红绿灯掩藏在朦胧雨雾里。也许是胳膊累了，母亲换了一只手，人群推搡，距离隔远了，她又拼命挤回来，不断朝我的方向张望。

"小南，周末快点写完作业，等妈洗完衣服，咱们尽早回去。"母亲说。

我默不作声点点头。在外婆家寄住，没有洗衣机，母亲洗不动床单和厚外套，每次都得等周五晚上带去洗。红灯还没结束，司机打开雨刮，附近有乘客一阵骚动。我朝右微微撇过头，雨水打湿窗户，玻璃上的面孔瘦弱、苍白，完整映出一张十一岁男孩的脸。这张脸使我想起父亲。

我盯着自己看了一会儿，一串串水珠滑落，把镜子里的人发梢鬓角打湿了。下意识抬手摸一摸，发短，干燥扎手，像是刺猬蜷缩露出的刺。上周理完发，有些碎发残留在脖子上发痒，母亲对着后脖颈帮我吹。她抱怨我为何头发长这么快，一次洗剪吹二三十，一月一次，真浪费钱。我忘记当时自己说了什么，又或者什么也没说，自来到外婆家后，我的话慢慢少了。

几年来，外婆时不时劝母亲，惠珍，还是要多回去，小南毕竟还小，那才是你们的家。

后来每次周五学校放假，我和母亲回去一次，双休结束再回来。今天出发前的一个小时，母亲俯身打包着脏衣服，时不时看一眼电视上播放的天气预报，明明说是多云，走不多远，雨不知不觉便落下来。要不往回走，等雨停了再出发。我看着母亲，雨水淋湿我俩头发，我等她做选择。母亲僵在原地，略有犹豫，嘴巴张合，做出几个口型。我懂她意思，不想回头，不想往回走。那就别回头了，走吧。

屁股微凉，我想依靠体温在下车前烘干裤子。母亲朝外张望着什么，也许是在等红灯过去。

"阿姨，您坐吧。"

一个看起来和我一样大，坐在老弱病残孕优待座的小女孩怯生生对母亲说。

母亲身体略有僵硬，分明很累，依旧摇了摇头。大概她自己也没想到，这才几年时间，她也慢慢变成一个被人视作需要让座的人。

两站路并不长，前一站，老大爷下车了，换上一个戴黑框眼镜的中年男人入座。他的腕力很大，像我父亲一样身型结实，站起来使劲一拉，车窗彻底关严实了。

车外如河上行舟，车内潮湿，空气沉闷，让人有些喘不过气。我很想拉一拉母亲的衣袖，告诉她，我的鞋子刚才进水了。额头贴着吊环，她的脸上呼吸平缓，在闭目养神。我的小手暗自垂落，缩回袖口。

我们终于下了车。

母亲拉着我的手，绕过车站台和后面的花坛，慢慢向前走。前方是黑魆魆的一片暗色，细雨连绵。到家之前，要经过一个地下通道，一座天桥，还有一大片集市，最后绕两次，再过一个地下通道，会见到一大片楼群，最深处就是我家了。

我们还有很长的路要走。道路两旁，千惠超市已拉上门闸，罗莎蛋糕的玻璃门锁上了，一字排开的，就一家沙县小吃的灯还亮着。老板下巴留着些胡须，系白围兜，站在锅炉前下切面，一个年轻人两手揣兜等着。老板娘坐在靠内的桌前，两手裹着塑料袋，一手筷子，一手面皮，捏好的馄饨一只只扔进一个大盆子。

"吃些啥？"老板扭过身问。

母亲握了握我冰凉的小手，看一看贴着墙上的价格表，小心翼翼贴着桌凳内侧坐下。我们点了一碗飘香馄饨，母亲看着我吃。她以前是在化学试剂厂做生产线的，下岗后，年龄大了，兜兜转转，仅在当地私企找到一份做保洁的工作，每天主要负责清理会议室和走廊。偌大的三层楼，就她一人，工资是两千出头，最好的一次是清理沙发座，在缝隙里找到一张领导不要的购物卡带回来，一查，能买两百块的东西。还有的时候，企业的一些塑料水瓶和报纸不要了，也能用麻袋装好，卖上十几块钱，算是外快。

同母亲一起搬走的前后两年，父亲有很长一段时间不大着家。有时一个月我回去四次，一次面也见不到。

"你跟你妈过算了，别回来。"父亲有一段时间醉醺醺回来，老这么说。

馄饨吃完，我放下汤勺，背上书包，看着母亲。母亲两手托腮，好似在发呆。

"吃完了？"

母亲一时回过神来，看了看碗，挪到跟前。雨声渐渐大了，噼里啪啦砸向窗户。外面没有一个人。她小心翼翼添了两勺酸萝卜，混着一些面汤，两手捧碗，咕噜咕噜眼见着喝完了。老板在擦玻璃，一块抹布来回折叠，反复擦洗。

前方道路水雾升腾，出来时，雨声小了些。老板有一把不要的旧伞，能开不能关，伞面上有几个洞，送给我们。

我们撑着这把伞慢慢走着,走进雨里去。地下通道口,不少人在躲雨,还有一个乞丐在地上铺好席子和棉絮,躺着呼呼大睡。再走几步就是天桥了,桥下是火车铁轨,两旁有茂盛的树丛,等火车呼啸声传来,由远及近,再由近及远,风声窸窣刮动叶子,灯光闪烁,并不在此停留。

母亲领我站在人群后面,前方都是几个高个子,视线遮住了,她把我的手牵住,踮起脚探望着什么。

我又想起很小时,父亲也是这样牵着我的手,在游乐场排队时仰起脖子,探望远处。摩天轮在天空缓缓旋转,彩灯开启,一切好似一场童话。

天桥上,风很大,空气湿冷,桥面横七竖八画着些粉笔画,大多淡了,立起的铁丝网锈迹斑斑,被风一吹,摇摇欲坠。透过网孔往下看,视野太黑,好似深不见底,黑魆魆的铁轨蔓延至远方。月亮出来了。

母亲不言语,逆风直走,两旁行人匆匆,撞到了,看一眼,擦肩而过。伞收不拢,被风直往后刮,我一连退两三步,差点脱手。母亲手上的布袋大概特别沉重,手指关节咯吱咯吱响。一周积攒下的衣裤中,还有好几件外套。我想,要是父亲在就好了。

"小南,回去后帮妈打扫一下卫生,你擦一下液晶电视的后桌还有屏幕,我清理厨房,另外还要把被子都换洗了。"母亲说。

那台电视是父亲在厂里时买的。当时，他和送来的卡车师傅握手，说辛苦，然后转身上了卡车，把那台装液晶电视的纸箱子抱下来，蹬蹬蹬一路上六楼，面不红心不跳，我和母亲在后头给他鼓劲。后来，他下岗了，很长一段时间没缴费，一开机，屏幕一片雪花点。

路灯忽明忽暗，细雨微斜，夜蛾在光下纷飞。我努力抬高手臂，让伞够到母亲的脑袋顶。母亲的头发湿了，雨水顺着她脸颊滑落，她眨了眨眼睛。走下天桥，快到下一个地点，离家近了一步。

起初是模糊一点，集市灯火在雨中若隐若现，如同海市蜃楼，随着走近，一切清晰起来。有人在摆摊吃喝，狭窄的区域里，竖起一把巨大的雨伞，手挥舞着，烤着一把羊肉串，油烟滋滋冒出来。有店主在卖卤菜，柜台内，荤素一字排开，有人来买，他夹出一点，放在秤杆上称量。塑料大棚下，有些零散的客人在吃汤面，老板坐在凳上跷起二郎腿，在抽烟歇息。我和母亲在人堆中左右穿梭，母亲低着头快步走，也许是害怕认出来。我们早年在这里吃过太多次了，特别是肉丝面，有一个附近的小老板还经常跑到我们对面坐下来。父亲要在，俩男人会开始坐在桌前掰腕子，每次都是父亲赢。

往前继续走，是一个大药房，旁边的包子铺拉上闸门，药房内的灯灭了一半，电视机在播放一部年代很早的古装片，一个人守在柜台前打瞌睡。前方道路塌陷，也许是施工过，留下很多水坑，我和母亲看着地面，踮起脚走，尽量走旁边店铺的台阶上，一点点绕开闪烁着水光的地方。

地上有塑料袋在跑，夜雨笼罩住一切。往左，菜市场近在眼前，灯光尽灭，好像一个黑魆魆的大口。再走几步，经过仅留下一个摊位的早餐店。横陈的几块木板被雨淋湿，旁边的垃圾桶空空，蓄满了水。这是父亲以前经常买早饭的地方。店主是一对夫妻，相互抿嘴笑着，一早就起来和面烧水，紧接着丈夫剁饼，妻子收钱。鸡蛋饼和豆浆是给我的。母亲爱吃豆沙包加卤蛋。天气寒冷，他到家放下早餐，烧一锅热水，毛巾打湿，把脸盆端到我面前，面孔消融在徐徐上升的热气里。

前方黑暗茫茫，道路凹凸不平，我和母亲继续走，雨伞打斜，能遮一点是一点。她的半边肩膀都湿了，整个身子抖着。我的书包也湿了，黑色的宽肩带书包，过去厂里年夜会抽奖得的，还有里面那一摞摞淋湿的本子，草稿本混杂在作业本里，被我专做计算题和画图用。

两旁爬山虎遍布的楼群不知何时拆了，上次没注意，如今一切化作废墟。拐角处，水果店门口坐着一位大妈，戴一顶厚毡帽，袖套未摘，在雨棚下嗑瓜子，时不时朝我们望两眼。她的女儿陪她坐在一起，鼻梁上新添了一副黑

一切破碎，一切成灰

框眼镜，在灯下背书。这是我们常买柑橘的地方。我以前老分不清柑橘和橙子的区别，老以为这橘黄色的水果是橙子。我们走在回家的路上，我拉父亲手，仰着头说橙子好吃。父亲一手拎塑料袋，一手摸我的头，笑了，掰开一瓣塞我嘴里。对面便利超市，以前是一家诊所。几个儿童摇摇机放在门口，静默。若没有小孩塞一枚硬币进去，它永远也不会启动。

父亲下岗第二年，在外修了半年水管，哪有活就往哪跑，每次搭乘最后一班长途大巴回来。母亲每晚留些菜，早早就睡了，他在客厅扒饭，也不开灯，背对着卧室，肩头一耸一耸。我起夜上厕所，蹑手蹑脚从后面经过，他身板略有僵硬，却不回头。吃完饭，他还要洗碗，洗完大概已是十一二点。然后睡觉，第二天六点继续出门找活，修水管。

冬天是活儿最多的时候，很多人家的水管都冻裂了，他忙个不停，几天几夜回不来。依稀记得有个冬天，是过年夜，我家的水管也坏了，没水煮米，连打几个电话，没人接，母亲只好戴上橡胶手套自己修，水管一下爆裂开，淋得她满身都是水。我当时抱着皮球走进，母亲手足无措地回过头。水喷溅到我的手背上，寒冷刺骨。那年，我八岁。

一路寂静无人。左边是一幢幢空房，上了铁锁，还有一家露天台球厅，四个桌台呈四角分布，没有球。遮雨棚下，灯泡晃来晃去。右边是葳蕤的草木丛，后方树立起一道铁丝网，一地的碎石，一段铁轨掩映在中间，在雨夜闪烁微茫的寒光。

慢慢向前走，能听到雨打叶子的声音，一两截断枝落在雨伞上，略一停留，旋即滑落地面。这一带种植的多是桂花树，秋天能闻到桂花香，父亲曾带着我摇动枝干，花雨纷纷扬扬落下，落满我们肩身。下一个地下通道很快就到了，走下去，再上几层台阶，父亲家所在的楼群就会尽在眼前了。

"小心看路，到家后，你先洗，我们今晚早点休息。"母亲轻轻地说。她的嗓音哑了，听起来甚是疲惫。我想起父亲挣到一些钱后，被多年的工友卷走那次，她的安慰声也是这么轻。

母亲抬脚的速度很慢，每上一台阶都好像在脑子里思考着什么，我绕到她前面，丈量步子之间的距离，每一步都小小的，等稳住，站定身子，再上去。屏气敛声，我听着自己的心跳。心头默数，一、二、三、四。童年时和一群小女孩学跳格子，也是这么数数。那是一块偌大的平地，女孩们用粉笔画好一个个方块，好像地上多了一床格子棉被。她们踮着脚踩在上面，拍手笑着，拉我的衣襟，后来很多年轻的家庭都搬走了，女孩们不见了，只有我家孤零零还在。

没水管可修的日子，父亲和以前的几个工友一起，在楼下棋牌室打牌。一打就是一整天，母亲说他，他闷声不应，到饭点，我走去拉他袖子。烟雾弥漫，很呛人，他安稳坐着，跷着二郎腿，眯眼看手中摸到的牌，嘴里嚷着说快了快了，然后让我先回家。

楼群慢慢映入眼帘，很多都歪了，一个巨大的"拆"字戳在一楼的墙面上，往上看，各家阳台的晾衣架随风摇荡，没有一件衣服。几十户人家，上下一片黑，远远地，我能仰头看到自家的阳台。在顶层，意料之中，也是一片黑，和上周来时一样。电线杆和路灯并肩站在一起，像是一高一矮两个瘦士兵，路灯一闪一闪，我们借着这点微光探路，不至于脚滑摔倒。

到了自家楼栋前几米，一楼侧面的棋牌室，门关着，一个露天沙发摆在外面，长方形，外表的红皮全磨掉了，露出内部的棉花和弹簧。细雨如雾，整个沙发笼罩其中，我想到家里那张父亲睡了好几年的沙发。

分床睡，是母亲提出来的。父亲对镜子擦脸，勉强振作起来，刮了胡茬，剃了头发，出门另外找活儿，白天学着人家跑摩的，刚跑一周，拴着的锁被撬开，新买的摩托被偷了。那天，他砸了很多玻璃，全是别人家的，邻居上门说理,他摆摆手,一句话也没说,身子摇摇晃晃,握着酒瓶下楼打牌。再后来,除了睡觉外,不会在家待。

棋牌室热闹非凡,家里空无一人。终于有一天,母亲脱下围兜,带着我整理行李。

我们在自家楼栋前停下来,黑黝的楼道深处,只有无尽的风迎面吹来。

棋牌室门突然开了,一个中年男人走出来。他嘴里叼着根烟,朝我们看了看,打个招呼,回来了?母亲轻轻点点头,嗯,回来了。男人穿一件白色高领套头衫和灯芯绒宽松裤。他低头看了看拉着母亲袖子的我,说,越长越像你爸了。我咬紧嘴唇没说话。他一连抽了两口烟。

右侧扶手闪烁着不锈钢的光泽,覆有一层薄薄的灰尘,左侧墙灰簌簌落下,阶梯宽度很窄,我夹紧肩膀,以免蹭上。母亲摸了摸口袋,掏出手机递给我,我打开电筒功能,一连上三个台阶,走在前面,往后照,帮母亲探路。

我们来到二楼。二楼曾经住着一个傻大哥,身高一米八,腿也长,深更半夜爱在街上溜达唱歌,他爸妈年龄很大了,主要靠出门收废品过活儿,平时把他锁在家里。而今走上去,门鼻紧锁,门栏插了几条干枯的艾叶草。

我们踏上三楼。

三楼以前住的是一个时髦大妈,养了好几条狗,其中一条是白色边牧,尾巴很长,一翘一翘,一到夜半就汪汪

一切破碎,一切成灰

直叫，还爱随地大小便，大妈在楼道放一个撮箕和扫把。现在扫把不见了，只剩下脏兮兮的撮箕。

我们走上四楼。

四楼过去住着我的朋友，大我半岁，我俩爱一起玩摔跤，他摔不过我。他爸嘴唇上留着一小撮胡子，爱拉我父亲在方桌前喝酒，地上铺一层棉席，跪坐着喝，和电视剧里的日本人似的。后来一家人说搬走就搬走了，也没提前打声招呼。

我们到了五楼。

没搬走前，五楼住着一个短发女孩，名字里有一个鑫字，我老读成金，她和我一样大，成绩很好。她爸做图书批发，早出晚归要运书，她妈是超市收银员，会做好吃的寿司。我有数学题不会，去她家请教，她妈会把寿司放盘子上端来，寿司外层包裹着一圈海苔，里层是肉松、火腿和黄瓜。我放进嘴里，久久不愿咽下。每次都要母亲在门口喊，我才依依不舍回去。

很早以前，父亲会在六楼等我们，现在不会了。我们一步步爬上楼，到门前，母亲摸索口袋，找钥匙开门。门锁换过一次，那次是因为父亲醉醺醺要出去喝酒，一下没打开，对着门猛踹两脚，还是没开，于是回屋翻找工具箱，从那盒过往出门干活儿的工具里拿出一把起子，卡进锁孔，使劲一撬，没撬动，两手按住，再一撬，把整个门锁撬坏了。我们站在后面，看他扬长而去。后来，母亲慢慢蹲下身子，两手抱着我的肩膀，眼睛闭上，许久没有睁开。

家里充斥着灰，一打开客厅的灯，尘粒在空中飘浮。母亲走进厨房放下布袋，解开绳结，把脏衣服一件件塞进洗衣机里。我站在原地，把书包挂在墙角的儿童自行车把手上。车篮里有几张名片，签着大名，留着电话，是父亲很早前打印的，字迹都模糊了。靠墙的桌柜上，摆有一桶两千毫升的菜籽油，上周母亲买的，这次进门，一点都没挪过。冰箱的插电关了，冰箱柜上方摆着一张相框和一个花瓶。相片早被抽出来，花瓶里面没有花。

我还是很饿，想找点东西吃，打开冰柜，上下两层空空。母亲已经扫完地，开始拿拖把拖，她使的力气很大，挽起袖子，两臂青筋暴起，从客厅一路拖过来，我坐在桌柜上，两脚先后抬起。她拖完客厅，又朝卧室的方向走去。

我拍拍屁股上的一圈灰，走到厨房一看，整个地面残留着未蒸发的水渍。左侧是橱柜，右侧是卫生间，洗衣机靠后墙放着，燃气灶在对面。一壶水在灶上烧得正旺。

"不要浪费时间，做任何事都要效率，拖地的时候顺带就能烧水，就好像煮饭的时候顺带就能切菜。"

我靠着洗衣机，想起母亲说的话，更远来说，这句话最早出自父亲之口。

那已经是很久远的事了,久到我只能模糊想起点片段。燃气灶和洗衣机之间,原先放张凳子,那时,父亲每早坐在上面,嘴里叼一支烟,对着垃圾桶开始削土豆,手上刮子唰唰响,米饭在电饭锅里透出缕缕热气,土豆皮应声脱落。我上厕所经过,他老要说上几句。他是一个爱教导别人的人。

水壶慢慢沸腾,尖叫声响起。我呆呆看着,也不知过了多久,突然后面伸出一只手,对着开关一扭,燃气灶关上了。

澡盆挂在卫生间墙上,母亲拿下来,倒好水。

"快去洗澡。"

我默不作声先脱下鞋子,光脚踩在地上,有点冷,忍不住打了一个哆嗦,母亲把拖鞋扔过来,出去了。我站在原地,一点点脱下早被浸湿的外裤,解开外衣的扣子,一粒纽扣,两粒纽扣,发会儿呆,再把内衣裤一块脱下来,小心翼翼踏进去。手臂浸泡在水中,整个人慢慢放松下来。

这个澡盆不大,但还装得下我,我抱着两膝坐在水里,拢着手掌,一次次往胸膛泼水。

澡盆内侧脱落下一层铁锈,琐屑的,暗沉的,悬浮在水面上,散发朦胧幽光。我聚拢它们,舀起,水从指缝漏下，徒留它们在掌心拨弄。墙上装着热水器，但很早前就坏了，淋浴用不了，也没有清理过。靠着墙壁有一个红色水桶，内侧集结一层水垢。水龙头拧不紧，一滴两滴，早盛满了，溅落出来。

"好了吗？"

母亲探头进来。

我连忙抱紧自己，拼命摇摇头。母亲看了看四周，重新关上门。

我继续往身子泼着水，水的温度在降低，我的身体在慢慢变热。过一会儿，我想，只要再过一会儿，我就洗好了。

洗衣机嗡嗡响动。透过雕花玻璃门，可以看到母亲的人影在厨房走来走去。她又烧了一壶水，倒入热水瓶，但壶好像没立稳，倒了，往后退时，腰部碰到后方的碗和碟子，只听乒乒乓乓几十响，全部落地摔碎。

母亲在原地站了片刻，抽了抽鼻子，没吱声，拿扫把一点点扫。扫好了，衣服也洗好一轮。我打开一条门缝，探出头去。"妈妈，我饿。"不知为何，我把这句潜藏已久的话怯生生说出口。母亲走过来，看一看我。她的手上是一套格子床单，黑白相间，是分床睡后，父亲一直盖的那套，太久没洗，扔了又实在可惜，母亲把这床旧物重新找出来。

"我带了些饺子过来,一会儿煮了吧。"母亲犹豫着,说出这句话。我知道她说的饺子,是外婆家自包的,玉米猪肉馅,母亲带过来二十个,本打算留着明早当早饭吃的。

趁着空档,母亲开始洗父亲的这套床单,一股脑把洗衣机全塞满了。连摁几个按钮,机器停滞了一下,很快,运作的动静更大了。

我把门关上。

重新坐回澡盆,水慢慢变凉。看一看头顶,灯泡氤氲着热气,像沾满了绒毛。

当我轻轻踩在瓷砖地板上,慢慢走出去时,厨房没人。一个个坚硬的饺子煮在水里,看不到热气,水面毫无波澜。火不知是何时灭的。

身边的洗衣机内部好像猛地响动一下,紧接着,整个机身像筛子一样抖动起来。母亲匆匆进来,站在一边,拍机器,摁按钮,一点用也没有。机器兀自响着,大约又过了十秒,机器不动了,一切陷入安静。

母亲打开洗衣机,脱水未完成,一切湿漉漉的。一张金属卡片卡在搅拌棒内侧。说是金属卡片,其实是一张工作证,大概是从床单内侧掉出来的。工作证里放着一张相片,黑白的,印有父亲的面孔。那是好多年前的父亲,穿着灰色工作服，头发清爽，眼睛明亮，笑着，一脸英气勃勃。这与后来他喝大酒，一脚踩空摔下楼的样子截然不同，也不同于躺在棺材时，双目紧闭的模样。

这大概是仅存的一张。母亲两手捧着这张照片，直愣愣盯着，身子起先一动不动，后来一点点俯身蹲下来。风从排气扇缝隙漏入，我赤裸身子站在边上，站久了，很冷，肚子空空。我又冷又饿。地上有些碎玻璃好像没扫干净，脚踩在上面，有点疼。我搂着母亲，或者说，我们相互扶持着，窗外雨声渐小，慢慢地，一切都听不见了。我们依靠着彼此。我想，会有人来吗？我想，不会有人来了。

评 论

故事的真谛
从来就不是为了真实和完整

里程文学院副院长 田耳

八位年轻作者,八篇风格差异巨大的作品就这样摆在我面前,要给它们作一个总体的评述,那么我遇到的第一个问题就是如何归类或者排序。归类通常按内容,这不讨好,这八篇完全难从内容上"物以类聚"并划分组别。排序当然有可能,但这个"序列",既不能逐一打分,以此作出高低判定,这只能暴露我的偏颇和自以为是;也不能简单地以作者或作品的首字拼音排列开去,那将毫无意义。我终于想到的,便是以小说里"故事"的含量,或者说小说作者是否以"讲故事"为主要创作手段,粗排一下由"非故事"或"反故事"过渡到"讲故事"的递变序列。不管怎么说,以我的经验,这让八篇小说各自的位置在我头脑里稍微地清晰起来。

我得承认头一遍阅读《罐头》即遭遇失利,大体看出来这篇小说含有双向的打量的目光,来自一个失语女孩和一块包裹在铁皮里头的午餐肉。但这一篇行文之奇突、古怪甚至佶屈聱牙,阻碍了我阅读的深入。曾打算让热情盛赞此文的朋友评析这一篇并放入我的评论,一想这又近乎舞弊,于心难安。再读一遍,较为清晰地看出整个叙事脉络:女孩鼻鼻失语,午餐肉言语相对连贯,在午餐肉的视角之下,女孩鼻鼻的身份及行为举止,若有若无地对应了现实社会中诸多女性角色及命运。鼻鼻与午餐肉在吃与被吃的过程中得到理解,直至最终达成某种共情。这是一篇关注女性生存状态的小说,但其叙述的艰涩,情节过于的隐晦,也只能让阐释癖和考据癖患者尚有兴趣一读,它严厉地拒绝了普通读者的进入。

对于这种语言异常古怪的小说作品,我通常抱有审慎的态度,首要考虑的是这小说语言到底是"独异"还是"刻意",两者之间距离形同霄壤。事实上对此的判断可能真有必要和作者直接接触,聆听他(她)生活语言和作品语言的差异性,你会发现有的差异巨大完全看不出来,有的则是小说语言和日常表达无缝连接,古怪的语言确已成为其人与众不同的性情。当然小说是用来读的而不是用来考证,但从字面上说,独特的文字也应给予读者一种陌生的阅读快感,其中隐含的超越于俗常的生动和优美,必须让稍具经验的读者接收到。可惜这篇小说的文字并未给我这一效果，能看到的只是种种刁钻的组词成句，时而让我有生理性的不适。这种似乎有所指涉和影射的写法，在艰涩的表象之下，本来该有相对清晰的脉络，说实话我阅读数遍仍止步于表象，甚至没看出来"罐头"更精确的含义和对位。我没能搞清楚，如果将文中的午餐肉换成火腿肠、叫化鸡或者真空包装的板鸭，全文的质地会发生何种改变，指涉范围又是否有所减损。

当然，现在这样的小说还能被发掘并发表，就能说明文学生态仍然存在某种延续，阅读仍然拥有足够的可能性。我希望别的读者在同一篇小说里看到跟我眼底完全不一样的景象，因为必须相信文字依然广袤地容纳了我们彼此的同与不同。

罗志远的《一切破碎，一切成灰》，名字显然是借过来，但我没看出来跟威尔斯·陶尔同名短篇的关联。小说写了一个破碎家庭三个人的关系。父亲是个地道的失败者，早年也有过踌躇满志经营生活的时期（这恰是小说最后无意掉落的一张照片里显示出来），但因为下岗，因为好不容易赚到手的钱被工友轻易卷走，父亲便一蹶不振，迷上打牌，也染罹了酗酒的毛病，最终酒后失足跌死。母亲和父亲的关系早已破碎，分床，直至带上"我"寄宿于外公家里，与丈夫分居。经外婆的劝解，母亲带着"我"不停往返于外公家与父亲家之间，工作时间的五天寄宿外公家，周末双休回父亲那边。寄宿外公家成了日常，而回父亲（自己）家却好似度假，只是这假并不轻松，父亲状态一直没有好转，对酒的依赖不断加深，父子的关系不可挽回地日益黯淡。小说通篇都是回忆的腔调，细密且黏滞的目光抚摸着眼前一景一物，对父亲疏淡的描述终是隐藏着一丝不舍。

小说固然可以不讲故事，但代替故事的成分又是否鲜活可靠？这篇小说很大程度上倚赖着语言。小说长于叙述，语言自带的节奏感确能有效地推动阅读深入，即使根本见不着故事，整个小说依然在小说和散文的中间地带轻盈流动，最终又以一个定格的画面稍稍束紧，使全文多少获取了结构上的完备。作者对于语言无疑是充分自信的，这语言搁在八篇小说中无疑也是优质的，是排位靠前的，但整篇小说脱离了故事，终归更像是另一个小说的局部或片断。文末以画面定格的方式结束，但作为小说的结尾，难免流于仓促和随意。回看小说里的人物，在这有如手持摄影机带出一路颠簸的画面当中，个个面目模糊，尤其父亲的失败，也是如此地中规中矩，下岗，被骗，打牌、酗酒，一蹶不振，万劫不复……终是找不出一个好的细节，让他得以区分于无数同样失败的父亲。小说不讲故事，须见着断舍离以后完全不一样的风格或面目，若非如此，那更有可能是作者自废武功。

　　《愿长生》无疑是一篇文字风格异常突出的小说，作者方馨有着极为充沛，甚至可说是十分强悍的表达热情，恰巧又亲身经历了陪护，长达半年的时间里如同进入了另一个世界，年纪轻轻突然如此短兵相接地接触衰老、死亡并费力地咀嚼它，得以写成这样一个篇幅较大的短篇。怀有充沛的热情，去体验高度脱离以往经验和认知领域的事件，往往能碰撞出不凡的篇章。巴别尔隐瞒自己犹太人身份，加入布琼尼骑兵军体验屠杀同胞的过程，得以凝聚成为不朽篇章《红色骑兵军》。

　　这篇小说糅合了作者半年时间血淋淋的体验，这过程中作者形成太多喷薄欲出的感悟，落实到小说当中，生成一种绵密、思辨、意象堆陈、比喻迭出又稍嫌生硬的表达，也给读者一种密不透风的压迫感。这种语言和文风我想会形成较大争议。首先，作者叙述的势大力沉如此清晰可见，也只有怀有语言禀赋并严重缺乏经验的写作者才会如此不管不顾地出手。全篇细节描写与意识流杂然交陈，局部上看，作者某些观察被其描述和思辨性的想象双重地显微放大，但整体上，叙述时而陷入沉滞和艰涩，予人的感受无论好坏都将是关乎生理。整个语言流速之迅猛，易让人生成快感，也必然让另一些人难以适从。其次我要质疑的，是本文试图在非虚构写作和小说之间左右逢迎。在医院里照顾老人，对于作者本人可能是一段异质的体验，但对于我们之整体，对于生活本身又过于常见，若将之写成非虚构那在题材选择上都不占任何优势。那么将这一切塞入小说的躯壳予以呈现呢？小说大都依赖虚构，建构精妙的细节推动故事或者叙述，最大程度呈现作者的写作意图。由是反观《愿长生》，问题又来了，虽然体验长达半年，落实到细部，譬如对病房老人的争斗状态主要体现在门的关合，那这是不是精妙的细节，甚至能否成为具有典型性的描写？若按这要求，小说里的诸多细节都稍嫌随意，看到什么写什么而已，展现真实却失于草率，不着匠气也不见匠心。作者若以"真实的体验"作自我的辩护，这就长袖善舞，进退裕如了。

作者体验了半年的生死，一时内心堆积有巨量的感受，但目前文本本身呈现出来的效果，显然这些感受还失之生硬，对于生老病死的见解过于直接和强烈，缺少应有的淬炼，没有显现出某种必需的沉潜质地。我自己的写作经验反复告诉于我，一件事感触太多时候，反倒不能急着动笔。或者，生死大事，贴人太近，太近的东西似乎每个人都能言说，却又在众生喧哗中最难获得真正的发言权。这样宽泛又切近的题材，若不是找到十分独异的故事或者细节，写作者本就该更为谨慎地出手。

《燃烧的月亮》写了程箐离异并再婚的过程。她自小便对邻居彭文君怀有好感,但彭文君随家人搬迁异地,两人断了联系。多年以后程箐经人介绍嫁给矿上发财的李志,但两人关系不合,感情渐淡,而李志不可避免大多数矿老板易犯的错误,按部就班有了外遇。一天程箐遭受李志外面那位女人小心的试探,晚上酝酿成夫妻激烈的争吵,几乎同时地,彭文君因为旧居拆迁重新联系了程箐,要她帮忙……一切仿佛都是上天最好的安排。故事往下铺排也没有任何意外,程箐跟李志还算体面地分手,送女儿去了日本读书,再接受彭文君的求婚跟随他赴上海开始新的生活。

这篇小说,在我这排序里放到居中位置,简直再合适不过。它的腔调不平不仄,语速不快不慢,叙述不蔓不枝,语言既顺畅也好读,难得的是还见不着任何叙述者的个性和特色。故事本身也是如此,虽然有离异与再婚——两者本就是生活中最常见的波折——但作者就能一路平静安详地讲述下去,该有波折的地方绝不波折……如此地反戏剧化,反高潮,形成该小说最大的特色,所以一路看下来,我始终没搞明白,作者到底讲了故事,还是没讲故事。作者出奇的冷静,不免让我在阅读中生成某种必然的期待:会不会是北野武似的,在平静中忽然造弄一个大的爆响?但也没有,始终没有,最后彻底没有。看完不免要感叹,多难得找到这样一个故事在似与不似之间演进的文本。那感觉，截取作者的一段叙述便可淋漓展现："汽笛发出低沉的鸣响，像在水面上缓行的大象。程箐对彭文君说出这句话，彭文君拿起手边的酒，笑着说，这个比喻挺有意思。"这比喻有意思吗？难以体会，当然也不算有毛病，而且，整篇小说全是这个味道，从容得理直气壮。

回头一想，小说家往往激情理智并重，但该作者的理智和冷静显然在性格配比中具有压倒性的优势，既有不错的讲述腔调又如此决绝地反故事，倒真能见着风格与特色。只是这样的写作风格和特色，放在短篇当中可能蜷局不开，应该进入体量较大的长篇小说，在足够阔大的空间里刻画、描摹人物漫长的命运轨迹以及全图景式的生存状态。

《埃贡的情人》里面女主异常的神经质，为逃避三年前某次不幸的遭遇，便讲述自己的故事，尤其要讲述与曾经那个情人"埃贡"的交往。而她看似无奈且随意认领的那个未婚夫，尽管会在她讲述过程中不停地质疑、拆穿甚至奚落，但无疑一直投入地承受着女主的滔滔不绝，甚至会被故事带至难以承受的境地。女主试图自我疗愈的过程中，的确找来一位理想听众，这些古怪的真假难辨的故事都被未婚夫悉数承载，如同一只深不见底的容器，他们因此得以相爱，得以互相支撑一路远行。小说并不讲述完整的故事，但在暗线当中埃贡的故事又一直延续直至终点的迷局。埃贡是否真的存在，是否最后遭遇车祸丧生于河中，其实整个小说一直没有揭示，这种亦真亦幻，恍兮惚兮的效果一直浸润于小说文本的字里行间。最后也仅靠一次塞车阻断行程，女主讲述不得不暂时中断而终止全篇。

这篇小说真正显示出一种独异的质地，语言有一种极为丝滑的效果，目光顺滑便一路延续；叙述是极为西化的，极像是翻译小说，但正因为这种丝滑又暗自地加以区分，那是我们在翻译小说当中极难见到的品质。小说中男女主人公皆无姓名，只以"她"和"未婚夫"指称，但文中对事物、状态的定名和对于感觉的比喻又极为具体，描摹入微，譬如"交配的预感从背后传业"、"肌肉能像拼图一样被推动，浑身散发着有粗粝感的油脂味道"、"快报废的发动机的声音"、"混有金属味的河水的气味"……比喻犹如文本的味精，用量有严格把控，但这篇小说里此类的文句古怪、密集却意外地不显突兀，都能随着语流和语速，随着女主有些神经质的嘈嘈切切一路丝滑到底。内文中偶尔闪现"情比金坚"这样的原本生硬的词，我都稍稍得来不适，正因为相信作者操持语言的纯熟和稳定，所以也暗自怀疑，用词的品味偶尔也会小小地震荡……这种不适，依然可当成阅读快感的一部分。

走走向我推荐时强调该作者语言和内容自洽，语言操持也异常成熟，基本上让人无从置喙。但我依然说了这么多，似乎已是过分。这样的文本确是一种单独的存在，转益多师却又无傍无依，浑然一体。简而言之，如此风格化的存在，在当下的写作中已弥足珍贵。

毋庸置疑，在这一拨头角峥嵘的年轻作者当中，林戈声依然是卓尔不群的。《终夜》是获得知名文学奖项首奖的作品，对它的赞誉已经听到不少。这篇放到这个位置而不在最后，在于按常规的理解，一个短篇小说里含有的故事通常是起承转合整全的单一故事，而林戈声志不在此，她在有限的篇幅里将故事写成了鲜活的奇观式文体，仿佛是有许多故事接踵而来，有些段落并不冲故事而去依然充斥着故事的可能。

《终夜》给我较为直观的印象，首先在于极具发散力的想象，这使得整篇小说显现出一种火力全开的气势。其次作者能够将想象力涉笔成趣，作品的完成度可以细化到许多个段落，在极为有限的空间也要完成叙述的起承转合，这已近似于脱口秀。再次这么密集的叙述，故事、意象扑面而来令人目不暇接，使得全文的品质近乎梗概。作者正是以写梗概的形式，使得全文高度浓缩，就像当年不兑水直接嚼麦乳精，分量十足之感随着粉末扑腾直抵脑门。全文三个小节，其实可以看成作者对三个核心话题的发挥。这也近似于脱口秀，我私下概括为"张光亮攀比精子数量失败引发的连串意外"，"患有巨物恐惧症的赵梦鹤与蚂蚁福小姐短暂的幸福时光"，"八十岁癌症患者郑欣爱返老还童爱上一头猪"。三小节明显都笼罩着魔幻气质，但细加甄别，其实可以按它们各自"现实"成分含量的高低加以区别。张光亮的部分可定义为现实魔幻，零精子却喜得贵子，在这种效果中得以成为可能，我们宁愿相信张光亮的病体即使只能分泌一粒活性精子，它也将有效地钻入郑欣爱的卵子并孕育出赵梦鹤。既然如此，关于意外又侥幸降生的赵梦鹤的书写便往前踏了一步，进入魔幻现实。巨物恐惧症我没有考证，但随着我们内心感受被生活节奏及质量无限放大，各种恐惧症次第冒出都不像是空穴来风；而一只蚂蚁是否可以活这么多年，一个人能否轻易走失全无踪影，那在魔幻现实的场景里，基本可以自洽。郑欣爱的故事一下往后推了几十年，让三个小节的连缀变得松散。她衰老以后依靠药物重返年轻态，拒绝小伙的求爱而与一只母猪恋爱。这想象力走得更远，可算是纯粹的魔幻了，哪还见得着现实的踪影。三个小节，从现实魔幻到魔幻现实再到纯魔幻的递变，我能清晰感受到文本的质量随着现实成分的衰减也同步递减，全篇的阅读感受总体还是高开低走。所以我不免有了质疑，这种奇观式的写法是阶段性的还是可持续的，这种火力全开的架势是否能够真正成为林戈声小说最清晰的标识……这着实让人拭目以待。

《裂痕》是唐瑜写成的第一篇小说，我正好经历这个过程，看着她通过努力，用了不到一年时间基本算是学会了写短篇。我自己的写作未必全是冲着故事，但教学生是从故事入手，此外我没找到更有效的进入途径，所以唐瑜的写法冲着一个整全的故事算是师承。《裂痕》写的是成长，通过年轻时候必然经历的情感考验，写出一位少女对最初的暗恋那种幻灭。这可能是初写小说者，尤其是女性作者容易挑选的题材，在我看来整个故事的设置还算中规中矩，渣男的本质必然会通过一些细节或是更明显的冲突暴露无遗，然后作者设置的是过往和现在两次被背叛的过程，印证着这种幻灭不可避免地发生。作者的长处在我看来是对一些隐秘而幽微的心事、情绪直接精准地捕捉并刻画，三言两语，直视无碍，这是她个人本有的能力。其次也在于能够写出一种氛围感，《裂痕》大致描摹出了市井化的环境，具有地域气质，还写出湖湘一带潮湿的氛围，一直阴云不散似的，及至最后大雨泼面。其弱点在于生活逻辑相对缺乏，对于细节和人物刻画描摹有欠准确，这些差距累积到最后，导致了要用"意外"来结束全篇。我对"意外"有审慎的态度，如果一个小说故事中形成的逻辑有效地顺延，那么优质的结尾将水到渠成，自然呈露。初写者对细节和故事的经营，往往是咬牙切齿，到故事的末尾发现了"裂痕"，十有八九会找出"意外"，将其当成万能胶解决问题。当故事的结尾不再意外，或者意外已不为读者所察觉，我想那才是真正地学会写短篇。

苟海川无疑是对小说有较为成熟理解的作者，会讲故事，也打算在小说里大施拳脚地讲述一番。他作品里展示出来的写作品质，让我把对他的评价留到了最后。《南方蝶道》是在极其写实的语态中推演着故事，这种写实昭示的是他生活的广度，以及在生活里积累的经验显然强于同龄的大多数写作者。比如小说开头有一句"经理在晨会上多次叮嘱我，要婆婆嘴，金刚心，最好是把眼睛抠出来仔细看"，就这一句，作者对安全员便有真正的熟悉，或者真的从事过，要不然如何编撰出来？我们对作者的信任，对故事的追寻，以及对结尾的期待其实主要从这种文字质地当中建立：好的结尾往往是来自前面精准的细节逐渐推动，有生活且尊重生活的作者才会更加地尊重故事，不敢辜负读者。事实也是如此，本篇小说是写"我"接续程雨菲干安全员，交接工作的时候得以相互认识，而彼此的深入是因为共同的熟人涂永。程雨菲要打听涂永的消息，"我"零零碎碎讲给她，也暗含着向她靠近的目的。涂永其实已经死亡，且跟"我"有关，而且文中显示涂永死亡的当时"我"和程雨菲都在现场附近，只是并不知情。这时候巧合已然出现，分量还算适宜，故事得以在巧合与懵然无知的间隙中徐徐推进。"我"将所知的关于涂永的情况故意拆成一些碎片，逐渐讲给程雨菲，同时也有效地建构出这篇小说的阅读动力，那就是解谜。我们都知道，真正的谜底在于和涂永有关那些故事碎片的最后一块。

当然，值得一提的是，除了故事，苟海川也是文字气氛营造的好手。《南方蝶道》里既有极度的写实（如"我"帮程雨菲修水管的描写），也有话语间引发的超现实情境（如程雨菲由涂茂庭的故事想起了蝶梦），这种拼贴，有效地建立起较为清晰的画面感，甚至建构出一种喧嚣中的静谧。男女主相处的场景一直笼罩着老旧光感，似乎还有黑白电影放映时的刮擦声，让读者目光随文字滑动即得来快意。这是小说最繁盛的年代并不稀见的文字效果，但年轻的写作者能够继承的已然罕有，这经常让我觉得，创新相对容易，传承着实太难。

卒章之时，不出所料，"我"在涂永的墓地前面终于将最后一片故事碎片掏出，竟然是：前文里面"我"讲的导致涂永死亡事件是由"我"无意中引发，事实上，"我"是有意介入，但后果却由涂永悉数承担。讲故事的人和听故事的人在整个文本中确乎达成了默契，该掏底时候作者也果然掏底，但这个结尾，顶多只是对前文的一点补充，并没有达到任何颠覆前文的效果，并没有效形成逆转。但整个小说如此动人心魄地推演着故事，把读者的期待值一路拔高，说白了这样的写法读者要看的就是一个设计精妙的结尾，就等着被逆转并引发惊诧、震撼，得来阅读全过程真正的高潮。要不然，又一次地，读者以为是前戏，最终发现那已然高潮，怎能爽得痛快？这也必然造成作者的被动，他哪能不知道，这结尾的难度被自己硬生生建立了起来。他当然想掏出更有价值，更孚众望的最后一块故事碎片，显然，努力过以后，力有不逮。这种在短篇里面讲故事的套路，我喜欢用小龙虾来形容，头胸的部分其实都是让我们判断虾尾的成色，而真正要吃的就是那点虾尾。《南方蝶道》就如同一只个头不小，模样颜色皆佳的小龙虾，及至扒出虾尾，那一团肉仁，的确压不住前面的观感。不过，这倒让我对苟海川后面的创作充满了期待，我相信他解决他写作的困境，只是时间问题。

小说里要不要讲故事，应是一个长期的话题，会有无穷的解答，而《埃贡的情人》里面写到："故事的真谛从来就不是为了真实和完整"，这一句无疑触及了小说中的故事所具有的重要特质。当然我们也是要区别来看，小说中讲了故事，自有对应评判方式，而对不讲故事的小说又是另外的评判，但从阅读的实效来看，初学小说写作，如果有效依托于故事毕竟是事半功倍的。写作这么多年，我坚持认为，小说中即使不讲故事，作者也应具备讲故事的能力，这是小说写作区别于其他文体的重要特点。甚至，不讲故事是因为故事能力强悍到用不着刻意经营，而不是不会讲故事所以不讲故事。八个年轻作者，多是在校的大学生或研究生，八篇小说读下来，阅读过程中时有惊喜，总是在修正我阅读之前形成的某些成见。事实就是这样，我们头脑中有越来越多顽固的标签，这阻碍了我们阅读的进入，尤其阻碍了阅读的开始。现在年轻人的写作仍然展现出巨大的可能性，比我们想象中要好，只是，对小说的阅读确实已经式微，而年轻人的作品实在难以进入大多数人的视野。

作者简介

林戈声（1988）	江苏苏州人。"无界·收获 App 双盲命题写作大赛"首奖、评审奖获得者。
枪　枪（1990）	同济大学创意写作专业 2021 级在读。
苟海川（1996）	四川巴中人，现居长沙。2021 年开始写作，同年获无界·收获 App 双盲命题写作大赛二等奖。想写的东西很多，正在慢慢写。
成昊勋（1996）	毕业于华东师范大学创意写作专业，第二十二届全国新概念作文大赛一等奖。
唐　瑜（1999）	湖南邵阳人，现就读于广西大学艺术学院戏剧专业。
杨　咏（1999）	湖南湘潭人，现就读于华东师范大学 21 级创意写作专业研究生。
方　馨（1994）	湖南长沙人，湖南师范大学写作学硕士。
罗志远（1999）	现于西北大学创意写作专业硕士就读。

图书在版编目（CIP）数据

南方蝶道 / 里程文学院编. -- 上海：上海文艺出版社,2023（2023.6重印）
ISBN 978-7-5321-8663-1

Ⅰ.①南… Ⅱ.①里… Ⅲ.①短篇小说－小说集－中国－当代
Ⅳ.①I247.7

中国版本图书馆CIP数据核字(2023)第027445号

发 行 人：毕　胜
责任编辑：张诗扬
封面插画：Bjorn Lie
装帧设计：山川制本workshop
内文制作：艺　美

书　　名：南方蝶道
编　　者：里程文学院
出　　版：上海世纪出版集团　上海文艺出版社
地　　址：上海市闵行区号景路159弄A座2楼　201101
发　　行：上海文艺出版社发行中心
　　　　　上海市闵行区号景路159弄A座2楼206室　201101　www.ewen.co
印　　刷：苏州市越洋印刷有限公司
开　　本：787×1092　1/32
印　　张：7.75
插　　页：2
字　　数：143,000
印　　次：2023年4月第1版　2023年6月第2次印刷
Ｉ Ｓ Ｂ Ｎ：978-7-5321-8663-1/I.6819
定　　价：48.00元
告 读 者：如发现本书有质量问题请与印刷厂质量科联系　T: 0512-68180628